마음 쓰기를 합니다

여름오후 _ 삶의 뜨거움과 여유로움을 전합니다.

더 괜찮은
나로
살고 싶어서

마음 —— 쓰기를
합니다

박선희 지음

여름오후
Summer Afternoon

프롤로그 _

소소한, 그러나 마술 같은

코로나19로 시간이 박제되고 봄날은 오지 않을 것 같았던 어느 날, 집 근처 구청을 지나다 건물 벽에 걸린 현수막 시구가 줌인 되었다.

흔들리지 않고 피는 꽃이 어디 있으랴 / 이 세상 그 어떤 아름다운 꽃들도 / 다 흔들리면서 줄기를 곧게 세웠나니

— 도종환

가슴속에 봄꽃 피는 기척이 들리는 것 같았다. 구청 옆 카페에 들어가 다이어리에 이 시를 적어 넣었다. 인터넷으로 검색해 전문을 베꼈다. 봄의 숨소리처럼 생겨난 마음도 덧붙였다. '바람에

흔들려도 곧게 줄기를 세우기, 지금 나에게 밥보다 필요한 것!' 코로나19 여파와 함께 내 의지로 해결할 수 없는 일이 '어디 한번 피해봐' 겁을 주던 때였다. 자칫 휘청거릴 뻔했던 그날이 평화로웠던 것은 나를 감쌌던 시구와 나의 한 문장 덕분이었다. 결 고운 아포리즘 정도로 지나칠 수 있었던 시인의 시는 '씀'으로써 나에게 머물렀고, 내가 쓴 마음 한 줄은 하루의 힘이 되었다.

우리가 진실에 눈 뜨고 어두운 동굴 속 같은 시간에 한 줄기 싱싱한 빛을 얻기 위해 해야 할 일은 엄청난 것이 아니다. 어느 순간 선명히 일렁이는 마음을 흰 종이에 써보는 것, 현실이 주는 통증과 그것을 잊게 할 무엇을 일기장이나 메모지에 적는 것, 생의 심연에서 나를 사랑하고픈 마음이 고일 때 노트북을 열어 그 마음을 옮겨보는 것, 길 가다 마주한 현수막이나 오늘 읽은 책 혹은 누군가와의 대화나 경험에서 건진 통찰을 수첩에 기록하는 것……. 일상의 관리 방식을 그렇게 바꿔본다면 얼마든지 가능한, 작고 사소한 일들이다.

문장의 힘은 생각보다 강하다. 삶이 버거울 때 우연히 읽은 글에서 신선한 열망이 샘솟기도 하고, 운명처럼 만난 문구에서 인생의 좌표를 감지하기도 한다. 그 문장들을 한 글자씩 적으며 되새김하면 그 효능이 조금 더 커진다. 하지만 가장 명료하게 힘을 주는 문장은 단연코 내가 쓴 내 문장이다. 사는 맛이 뜨거울 때, 잠시의 여백 속에 쓴 마음 한 줄은 여름 숲 나무 그늘처럼 선선한 평화를 준다. 일상이 불안하고 산만할 때 쓴 일기는 그 자체로 차분한 정리 정돈이 된다. 나를 돌보고 가꾸려는 마음이 글로 형태화될 때 일어나는 마술, '마음 쓰기'의 마술이다.

마음 쓰기는 지금 여기의 나를 건강하게 지켜주는 글쓰기다. 우리 마음은 깊고 오래된 고통, 수치와 혐오로 남은 상처에만 아파하는 게 아니다. 누군가의 부주의한 말 한마디에도 일주일을 망칠 수 있고, 뚜렷한 이유도 없이 우울의 터널에 갇힐 수도 있다. 자신과 타인을 이해하지 못해 불편해진 인간관계에 스트레스를 받기도 하고, 감정 표현이 서툴러 종종 사고를 치거나 자괴감에 빠지기도 한다. 이렇듯 다양하게 불안한 상황들이 언제나 우리 곁에 진을 치고 있다. 마음 쓰기는 우리를 당황케 할 수 있는 그 모든 상황에 약효를 나타낸다. 온 마음으로 쓰면 평화로워진다. 힘을 얻는다. 쓰러진 자존감과 자신감이 몸을 일으킨다. 똑똑해진다. 든든하다. 통쾌하다. 물론, 꾸준히 써야 한다.

글을 쓰는 데 두려움을 가질 필요는 없다. 자유자재의 걸음걸이가 한 발짝 걸음마부터 시작되듯, 한 문장부터 시작하면 된다. 이번 주 내가 내걸고 싶은 슬로건, 요즘 나에게 필요한 태도, 내가 원하는 것, 좋은 느낌으로 남기고 싶은 하루에 관해 깃발 같은 문장을 만들어보자. 그것도 안 되겠다면 한 개의 단어, 하나의 구부터 시작해도 좋다. '뚝심!', '무조건 휴식', '굿바이 귀차니즘', '내 삶의 중심=나', '본질에 집중하기' 같은 키워드만으로도 얼마든지 새로운 에너지를 얻을 수 있다.

언젠가 한 디자인 문구 매장에서 참신한 아이디어의 노트를 판매한 적이 있다. 하루 한 단락 다이어리. 그날 '나의 한 문장'을 표어처럼 쓰고, 그 아래 넓은 간격으로 그어진 줄에 몇 문장 코멘트를 덧붙이면 끝! 어렵지 않게 글쓰기를 시작하도록 이끄는 포맷이었다. 마음 쓰기도 그렇듯 가볍게 시도해볼 수 있다.

이를테면 '점심시간 햇빛 속 30분 산책', '그 사람의 단점보다 장점을 찾기', '나는 OO에게 어떤 사람이었나', '지나간 일에 매달리지 말자', '성급한 판단이 일을 그르칠 수 있다'처럼 그날 떠올린 화두를 '나의 한 문장'으로 쓰고, 그에 관한 생각을 간단히 더하면 된다. 당장 해보고 싶지 않은가?

나의 마음 쓰기는 '러브 마이셀프'의 문장을 기록하는 것으로 시작되었다. BTS 앨범 〈LOVE YOURSELF 結 'Answer'〉의 JIN 솔로 곡 〈Epiphany〉를 만나면서부터였다. 2년여 전, 연이어 발생한 충격적인 일들로 멘탈이 몹시 쇠약해져 불안한 나날을 보내고 있을 때였다. 〈Epiphany〉의 가사는 추락한 자존감과 자기비하로 쭈그러져 있던 나에게 "어서 일어나요"라는 천사의 격려처럼 들렸다. 순간순간 블랙아웃되는 듯한 위기를 경험해본 적이 없는 이들에겐 평범할 수도 있는 가사였지만, 당시의 나에겐 내 팔과 다리 심장 영혼까지 사랑하고 돌보라는 전언과도 같아 들을 때마다 속수무책 눈물샘이 터지곤 했다. 그로부터 이어진 마음 쓰기는 진실로 나를 일으켜 세웠고, 일상적으로 나를 돌보는 도구가 되었다. 케이팝 아이돌의 선한 영향력, 그 수혜 대상은 전적으로 10대 오빠부대들인 줄로만 알았는데 무슨 일이 일어난 거지?

하지만 내가 쓴 글이 내 어깨에 팔을 척 두르고 "그랬구나, 괜찮아, 잘 해보자, 오늘도 씩씩하게!" 토닥거렸던 것은 훨씬 오래전부터였던 것 같다. 등단 이전에도 이후에도, 필요할 때마다 나에게 한 줌의 '찐' 평화를 주는 것은 직업으로서의 글쓰기보다는 사적인 내 노트에 풀어내는 내밀한 속말들이었다. 달라진 점이라면 지금은 두툼한 마음 쓰기 노트를 수시로 꺼내는 게 습관이 되었다. 유해한 풍문처럼 길게 이어지는 코로나19 시대엔 좀 더 자주. 고요하고 깊게 나와 만나는 시간, 나와 가까워지는 시간을 가져야 할 때인 것 같다.

코로나 팬데믹 한가운데서 우리는 마음 쓰기를 시작할 기회를 놓치지 말아야 한다. 물질적 운동적 차원의 행위를 광범위하게 금지당하면서 정신적 정적 차원의 장이 열렸기 때문이다. 방에 갇힌 자에게 가장 풍부하게 주어지는 것은 사유다. 멈춰서 생각하기. 자유롭지 못한 내 마음을 풀어주고, 내면의 소리에 집중하고, 나를 탐구하고, 심장이 뛸 수 있도록 마음이 가야 할 길을 뚫고, 타자와 정신적으로 연결되기……. 그러기 위해 노트를 열고 마음의 명암과 색깔, 형태, 온도, 움직임, 변화에 대해 써보는 것이다. 나로 살되 더 괜찮은 나로 살기 위해, 지금 여기의 나를 건강하게 지키기 위해.

2021년 여름, 박선희

《차례》

프롤로그_ 사소한, 그러나 마술 같은 • 04

1부 / 나를 찾아가는 마음 쓰기를 합니다

1장 발견 **나를 조금 더 알게 하는 이야기들** _____ **18**

나를 발견하게 하는 주문 • 19 | 모두가 나인 가면들 • 23 | 내 이야기를 간직한 내 몸 • 27 | 태어나서 가장 어려웠던 질문 • 30 | 의식의 흐름 글쓰기 • 34 | 이드 씨와 슈퍼에고 씨 • 37 | 완벽주의에서 벗어나게 할 문장 • 42

2장 의미 **나는 어떻게 살고 싶은 걸까?** _____ **46**

나의 장례식에 초대합니다 • 47 | 닮고 싶은 식물, 닮고 싶은 동물 • 51 | 나만 쓸 수 있는 나만의 이야기 • 55 | 10년 후의 내가 지금의 나에게 • 59 | 미래를 위한 씨앗 문장 • 64

3장 현실 **일상이 힘들 때 나를 지키려면** _____ **68**

내가 나에게 주는 선물 한 문장 • 69 | Why가 아니라 What 으로 질문하기 • 71 | 15분 안에 Cheer up! • 76 | 감사의 문장 발굴하기 • 80 | 일상의 에너지원이 되어줄 덕후적 글쓰기 • 84 | 리스타트! 하게 할 문장 • 88 | 즉석 처방전이 쌓일 수첩 '우선멈춤' • 92 | 마음의 렌즈를 바꾸고 나서 • 95 | 내 곁에 있는 사물이 되어 '나'에게 말하기 • 99

4장 내면 **진짜 나를 이끌어내는 기억들** _____ **102**

마음을 사고파는 마술가게 • 103 | 마음속 고통 상자 열기 • 109 | "네 잘못이 아니야" • 112 | 마음이 장대높이뛰기를 하듯! • 118

5장 수용 **그게 나지만 내 탓이 아니라면** _____ **122**

'그게 나야'가 주는 힘 • 123 | 내 몸 콤플렉스, 그게 뭐라고 • 128 | 허물어지는 마음을 일으켜 세워주는 'Love myself' 쓰기 • 131 | 자기 탓만 하던 C가 달라졌다 • 134 | 일상적 자기 비난을 멈추는 법 • 137 | 나를 비난하는 말 vs. 나를 배려하는 말 • 140

6장 감각   **내가 느끼는 만큼 내 것이라서** _____ **144**

잃어버린 시간을 찾아줄 나만의 마들렌 • 145 ｜ 나를 홀렸던 그 맛 • 149 ｜ 그 소리를 리필합니다 • 153 ｜ 내가 좋아하는 색깔 • 156 ｜ 나와 닮은 그것 • 159

7장 감정   **내 마음과 잘 지내려고** _____ **162**

"화는 나는데 설명을 못 하겠어?" • 163 ｜ 고장 난 마음 A/S • 168 ｜ 내 몸이 말해주는 내 마음 • 171 ｜ 상담 대신 셀프 카운슬링 • 174 ｜ 나조차 날 사랑하지 않으면서 • 179 ｜ 나의 '부심'을 채워주는 것들에 대해 • 182

2부 / 일상을 지켜주는 마음 쓰기를 합니다

8장 평정   **어떤 날이든 평화로운 마음을** _____ **188**

기억을 담은 내 방의 사물들 • 189 ｜ 돈 없이도 가질 수 있는 것들 • 192 ｜ 평화로웠던 그 시간을 붙잡아두기 • 196 ｜ 코로나블루를 견디게 하는 클래식블루의 느낌들 • 199 ｜ 나를 기분 좋게 하는 말 수집하기 • 203 ｜ 쿠바 여행 노트가 보여준 마술 • 207 ｜ 나를 행복하게 하는 것들 • 211 ｜ 알약보다 더 확실했던《어린 왕자》의 문장들 • 214

9장 일상 오늘 나에게 일어날 작은 기적들 _____ **220**

기분 좋은 일요일 아침입니다 • 221 | '내가 만드는 행복' 레시피 • 224 | 일상에 힘이 되는 7가지 문장 • 229 | 3 good things a day • 233 | 일상 기록, 내 삶에 물주기 • 237 | 내 방 여행하기 • 240 | 마음 챙김 to do list • 243 | 댓글 소통으로 바꾼 하루의 기분 • 246

3부 / 관계를 풀어내는 마음 쓰기를 합니다

10장 관계 더 가까워지거나 덜 불편해지려고 _____ **252**

마음을 여는 이메일 사용법 • 253 | 어느 후배의 서프라이즈 • 257 | 메모 한 장으로 이어진 관계 • 260 | 이유 없이 날카로운 그 사람에 대한 분석 • 264 | 불편한 사람과도 그럭저럭 잘 지내려고 • 268 | 고양이를 사랑하는 방식, 친구를 사랑하는 방식 • 271 | 그 사람의 눈초리를 잊어버리려면 • 274 | 내 안의 미즈 아니마 혹은 미스터 아니무스 • 277 | 마음을 보여준 쪽지 • 282

이 책 사용법 ──✳︎

1. 마음 쓰기는 '나를 돌보고 가꾸려는 마음을 글로 형태화하는 것'을 말합니다. 그것은 한 단어, 한 문장, 한 단락 혹은 몇 페이지의 글일 수 있습니다. 중요한 건 글의 형식이나 완성도가 아니라 '내 마음에 집중하며 쓰는 것'입니다.

2. 마음 쓰기로 우리는 자신과 가까워질 수 있고, 누구의 도움 없이 스스로 마음의 건강성을 회복하고 유지할 수 있습니다.

3. 마음 쓰기는 이미 우리가 가지고 있는 보통의 능력입니다. 단지 글에 대한 자신감이 없기 때문에 쉽게 마음을 꺼내 쓰지 못할 뿐. 글쓰기 능력을 갖추어야만 마음 쓰기를 할 수 있는 것은 아닙니다. 낙서하듯 쓴 즉흥적 문구나 단어의 나열로도 답답한 속이 풀릴 수 있고, 지인에게 쓴 감사의 메모 몇 줄로도 깜짝 감동을 나눌 수 있습니다. 힘들여 쓰려 하지 말고 가볍게 시작해보세요.

4. 이 책의 67개 이야기와 마음 쓰기 연습이 성실한 가이드가 되어줄 것입니다. 그러나 모든 마음 쓰기 연습을 다 해야 하는 건 아닙니다. 나에게 적

합한 주제, 이끌리는 질문을 골라 써보세요. 질문에 충실하되 100퍼센트 그에 부합한 글을 쓰려고 애쓸 필요는 없습니다. 내 상황과 입장에 맞게 질문을 변형시켜 글을 써도 좋습니다.

5. 이 책의 마음 쓰기를 모두 연습한 후에는 스스로 질문을 만들어 써보기 바랍니다. 얼마든지 능동적으로 해낼 수 있을 것입니다. 무엇을 질문하고 어떻게 써야 할지 이미 체득한 뒤일 테니까요.

마음 쓰기가 자신을 발견하고, 위로하고, 응원하는 일상의 도구가 되길 바랍니다.

1부

" _____ "

나를 찾아가는
마음 쓰기를 합니다

1장 발견

나를 조금 더
알게 하는 이야기들

나를 발견하게 하는 주문

무엇이든지 따라 하는 걸 그다지 좋아하지 않는 내가 책 한 권을 읽자마자 그 작가를 따라 했던 게 있다. 문제의 책은 미국의 화가이며 그래픽 아티스트이자 문필가였던 조 브레이너드의《나는 기억한다》였다. '나는 기억한다'라는 문장으로 시작하는 기억의 조각들을 콜라주처럼 이어나간 매우 단순한 형식의 글이었다. 타인의 기억에 이렇게 매료될 수도 있나 싶을 만큼 독자를 끌어당기는 마력 때문이었는지, 조르주 페렉 등 여러 작가가 똑같은 형식으로 동명의 책《나는 기억한다》를 펴냈다고 한다. 조 브레이너드를 따라잡을 만한 작품은 없었지만. 나 역시 이 책을 읽는 동안 주문 같았던 말 '나는 기억한다'로 저 멀리 밀려 나간 기억들을 불러 모으고 싶어 안달이 났다.

시간이 날 때마다 '나는 기억한다'로 몇 개씩 기억 모으기를 하는 동안 두 가지 소득이 있었다. 하나는 기억을 문자화하자 편집해버리고 싶었던 지난 시간의 오점이나 얼룩들이 클래식하게 필터링된 듯 그 시간을 차분히 회고할 수 있었다는 것이고, 또 하나는 '내가 이런 사람이었구나' 새삼스럽게 깨닫게 되는 내 모습이 있었다는 것이다. 특히 후자의 경우 현재의 인간관계에서 반복해 나타나는 내 약점을 이해하고 받아들일 수 있도록 도와주었다. '나는 기억한다'가 만들어내는 마법이었다.

나는 기억한다. 중2 때 같은 반 은주가 방과 후 우리 집에 거의 매일 들렀다 가곤 했던 것을. 나는 언제부턴가 둘이 그림자처럼 붙어 다니는 게 힘들어지기 시작했다. '가끔씩만 오면 좋겠다…….' 나는 많이 혼자 있고 싶었다. 어느 날 은주네 집과 우리 집의 갈림길에서 말했다. "오늘은 너, 그냥 네 집으로 가는 게 좋을 것 같아." 그 애는 왜냐고 묻지도 않고 대꾸했다. "너네 엄마가 물감 같이 쓰지 말래?" 나는 딱 한 음절로 대답했다. "응." 은주와 난 그 전날 함께 미술 숙제를 했는데, 우리 엄마는 내가 누구와 물감을 같이 쓰든 말든 신경 쓸 사람이 아니었다. 내가 "응"이라고 한 것은 내 상태를 설명하기가 어렵고 귀찮았기 때문이다. 다음날 등교했더니 은주가 다가와 말했다. "우리 엄마가 물감 사줬어." 그러고 나는 고독을 얻은 대신 친구를 잃었다.

나는 기억한다. 학교 옆 버스 종점의 8번 버스 노선이 서울 시내를 뺑뺑 돌아 다시 종점까지 오는 데 꼭 두 시간이 걸렸던 것을. 나는 종종 하교 때 8번 버스 맨 뒤에 앉아 서울 구경을 하고 집으로 돌아왔다. 버스가 어두컴컴한 북악터널을 통과할 땐 먼 나라에서 여행하는 기분이었다. 차멀미 때문에 집에 도착할 때쯤 속이 울렁울렁하고 토할 것 같았지만 나는 혼자만의 여행을 멈추지 않았다.

나는 기억한다. 대학생이 되어 처음으로 누군가에게 말을 걸었던 그 날을. 1학년 5월, 수업을 마치고 잉어 떼가 헤엄치는 연못으로 갔을 때였다. 작은 분수대가 있던 그 연못은 내가 공강 시간을 보내는 장소 중 하나였다. 혼자 있기 편한 곳. 별다른 이유 없이 나는 입학하고 나서 내내 혼자 다녔다. 대학 생활에 아무런 기대도 없이 대학 문턱을 넘은 후 내 세계가 아닌 곳에 발을 들인 것 같은 이질감 때문이었을 것이다. 연못엔 나보다 먼저 와 벤치 하나를 차지한 아이가 있었다. 나처럼 언제나 혼자 다니던 우리 과 22번이었다. "넘버 퉤니투 ○○○." 교양과목인 영어 랩 교수가 질문하려고 부를 때 기어들어 가는 목소리로 대답을 하던 아이. 나는 먼저 말을 걸었다. "안녕." "어, 안녕." 지구라는 행성에 따로따로 불시착한 두 외계인이 서로를 알아본 듯 우리는 친구가 되었다.

넘버 퉤니투는 지금까지 나의 소중한 친구로 내 곁을 지켜주고 있다. 즉, 수십 년의 인생 동안 나에게 필요한 고독을 지켜내느라 관계의 상실을 겪을 때가 적지 않았지만, 남을 사람은 남았다는 얘기다. 내가 춤을 추든 발길질을 하든 햇빛 같은 양분을 듬뿍 내려주는 항상성을 가진 존재로서.

'나는 기억한다'는 나에게서 떠나간 사람들을 생각하며 자책하던 버릇을 상당 부분 멈추게 했다. 그 모든 이별을 경험하지 않기 위해 나를 버리고 그들을 움켜쥐느라 안간힘을 썼다면, 나는 누렇게 찌든 얼굴로 가짜 웃음을 지으며 힘겹게 그들을 만나고 있을지도 모를 일이다.

마음 쓰기 연습 ①

—— '나는 기억한다'라는 문장으로 시작해, 지금 떠오르는 당신의 오래된 기억을 최대한 많이 이어가 보세요. 주제도 순서도 없이 줄줄이 따라 나오는 기억을 그대로 다 쓰면 됩니다.

모두가 나인
가면들

 문단의 한 동료와 잡담을 나누다가 이런 얘기를 한 적이 있다. "난 문단에서 내가 알고 있는 사람 중 S와 M이 인간으로서 참 괜찮은 것 같아요." 어떤 맥락에서 그 말이 나왔는지는 기억나지 않는다. 그 동료는 "M이요?" 하며 납득할 수 없다는 듯 고개를 갸웃했다. 나는 더 이상 M 이야기를 하고 싶지 않았다. M에 대해 좋지 않은 인물평이 나오는 게 반갑지 않아서였다. "M이요?" 했던 그 사람이 M을 흉보려 했던 게 아닐 수도 있다는 생각은 한참 후에야 들었다. 그로서는 정말 M을 괜찮은 사람 범주에 넣을 수 없었을지도 모른다.

 "차분하고 자기관리도 잘 하잖아."

"알고 보면 은근 허당이야."
"딱 범생이 타입."
"자유로운 영혼이야."
"하여튼 생각 많고 예민하다니까."
"보기보다 쿨하고 대범해."

모두 주변에서 나를 평가하는 말이다. 어떤 평가에 대해서도 나는 반박한 적이 없다. 서로 모순되는 성격들이 다 내 것 같았기 때문이다. 하여 문득 '내 진짜 모습은 뭐지?' 심정이 좀 복잡해지기도 했다. 나도 모른 채 사람들을 진정성 없이 대하는 게 아닐까, 기분 나쁜 의심이 들기도 했다. 그러다 이런 의심을 한 큐에 날려 버릴 단어를 찾아냈다. 페르소나!

스위스의 심리학자이자 정신과 의사 카를 구스타프 융이 개념화한 '페르소나'는 고대 그리스 연극배우들이 쓰던 '가면'이 그 어원으로, '가면을 쓴 인격'을 말한다. 연극배우가 그때그때 자신이 맡은 배역에 딱 맞는 연기를 하듯, 사회생활 속에서 우리는 그때그때 적절하다고 생각하는 태도나 성격을 보여준다. 자신의 개인적이고 고유한 본성 위에 사회적 가면을 덧씌우는 것이다. 사회적 인격이랄까. 왠지 으스스한가? 하지만 건강하지 못한 의도로 특정 페르소나를 부각하지만 않는다면 현실 세계와의 관계 형성을 위한 정상적인 가면들일 뿐이다(목적 달성을 위해 무의식적인 책략으로 페르소나를 이용하는 경우가 없지는 않다고 한다).

페르소나와 자신의 본 모습의 괴리감 때문에 갈등을 겪는 사람들도 있다. 페르소나가 본성보다 크게 드러날 때의 고립감이나 열등감 때문이다. 대중에게 이미지화된 모습에 갇혀 엄청난 압박감과 스트레스를 느끼다 우울증, 공황장애 등을 겪은 셀럽들의 고백은 얼마나 안타깝던가. "평범한 삶이 그립다!" 하지만 자신의 고유한 심리구조와 사회적 요구가 적절히 타협하는 지점에서 보여주는 페르소나는 사회 적응과 심리적 자기 보호를 위해 꼭 필요한 가면이다.

사람들에게 보여주는 서로 다른 나의 모습들 역시 외부 세계에 잘 적응하기 위해 선택한 나의 페르소나들이었을 것이다. M 역시 상황에 따라 관계에 따라 다른 페르소나를 보여주었던 게 아닐까. 페르소나 1, 페르소나 2, 페르소나 3······. 남을 속이기 위한 것도 아니고 악의로 타인에게 해를 주기 위한 것도 아닌, 사회적 인격으로서의 다양한 가면들을.

마음 쓰기 연습 ②

── 당신의 페르소나에는 어떤 모습들이 있나요? 가족, 가까운 친구, 지인, 참여하는 모임의 구성원, 상사나 부하직원, 비즈니스로 교류하는 사람들, 이웃, 일회성으로 만나게 되는 이들에게 보이는 모습을 페르소나 1, 페르소나 2, 페르소나 3……으로 정리해보세요. 그리고 그중 어떤 페르소나를 교정하고 싶은지, 또 어떤 페르소나를 지키고 싶은지 덧붙여보세요.

내 이야기를 간직한
내 몸

 인간의 기억을 담당하는 것은 뇌의 양쪽 측두엽에 있는 두 개의 해마라고 한다. 너비 1센티, 길이 5센티밖에 안 되는 물음표 모양의 두 해마가 왼쪽 것은 최근의 일을, 오른쪽 것은 태어난 이후의 모든 일을 기억한다니 신기하기만 하다. 이 오묘한 인체 기관인 해마와 함께 나의 이야기와 상처, 감정을 기억하는 소중한 영역이 있다. 특별한 경험이 새겨진 내 몸, 신체의 각 부분들이다.

 내 팔꿈치는 건강이 썩 좋지 않아 일 년 넘게 백팔배를 했던 때를 기억하고, 내 머리카락은 처음 파마를 하고는 비로소 어른이 된 듯 턱을 치켜들고 다녔던 열아홉 살의 나를 기억하고, 내 어깨는 유리병에 담아 짝사랑에게 선물할 조개껍데기를 줍다가 여름 햇볕에 엷게 화상을 입었을 때의 따끔따끔 쓰라렸던 느낌을 기억하고, 내 팔과 다리와 허리는 쿠바 여행 때 라틴 음악이 울려 퍼지던 광장에서 한 쿠바노가 이끄는 대로 살사를 추었던 환상적인 순간을 기억하고……

이렇게 내 몸은 구석구석 내 이야기들을 간직하고 있다. 때때로 그 기억은 심리적 상처나 트라우마로 남기도 한다. 내 손이 기억하는 것 중 하나는 피아노 선생님과 30센티 자와 아버지가 연결된 무거운 나날들이다. 그때를 기억하는 내 손은 말한다.

초등학교 때 동생과 함께 피아노를 배우기 시작했어. 자식에 대한 교육열이 남다르고 두 딸을 너무도 예뻐했던 아버지가 주도한 일이었어. 잘 가르친다고 동네에서 소문난 피아노 학원은 아이들로 늘 북적거렸어. 바이엘을 떼고 체르니로 넘어가면서 피아노 학원에 가기 싫어졌어. 피아노 선생님이 마녀 같았어. 틀릴 때마다 30센티 자로 손등을 찰싹찰싹 때리는 엽기적인 손정아 선생님. 그는 종종 소프라노 하이톤으로 아이들에게 화를 내기도 했어. 누가 틀리고 싶어 틀리나? 반항심이 들었지만 찍소리도 못 냈지. 정말 마녀처럼 무서웠으니까. 하지만 피아노 학원이 싫어진 또 한 가지 이유는 아버지 때문이었어. 다른 아이들은 엄마조차 학원에 와보지 않는데, 우리는 엄마도 아닌 아버지가 자주 들러 피아노 치는 딸을 바라보고 마녀 선생님에게 잘 하고 있는지 묻곤 했어. 아버지가 남의 눈은 전혀 의식하지 않는 보헤미안처럼 하고 와 더 속상했던 것 같아. 나는 아버지의 관심과 애착이 얼마나 부담스러운 것인지, 피아노를 치면서 깨달았어. 그때 가졌던 부담감은 피아노 학원을 그만두고서도 계속 이어졌지. 아버지의 과한 열기에 갇힌 듯한 느낌, 아버지에게서 벗어나고 싶다는 생각……. 내 주위로 보이지 않는 담을 쌓고 지냈지만 나는 늘 그랬던 것 같아.

내 손이 가지고 있는 기억을 글로 써나가며 나는 나의 어떤 면을 이해하는 순간을 맞는다. 자유를 갈망하는 변함없는 내 태도는 그때로부터 시작되었는지 모른다……. 한 개인의 고유한 역사를 가진 인간으로 아버지를 바라보는 지금은 그 아버지를 사랑하게 되었지만, 내 입장에서만 아버지를 바라보았던 긴 세월 동안은 아버지가 내 정신세계의 한 부분을 무겁게 지배했다. 지금 예쁘게 치매를 앓고 있는 아버지는 아무것도 모르실 거다.

마음 쓰기 연습 ③

—— 눈, 코, 입, 손, 발, 팔, 다리, 등, 목, 배, 가슴…… 당신의 신체 각 부분이 간직하고 있는 당신의 이야기를 글로 써보세요.

태어나서
가장 어려웠던 질문

뜻하지 않은 상황에서 존재론적 미궁에 빠졌던 적이 있다. 공공기관의 예술인 지원사업에 참여 신청을 하고 인터뷰를 하러 갔을 때였다. 세 명의 외부 초빙 면접관 중 한 명이 전혀 예상치 못한 질문을 던졌다. "자기소개를 해보세요." 나는 몇 초간 정지 상태로 있었다. 지원신청서를 비롯해 적지 않은 서류에 나는 작가로서 내 이력, 그리고 지원사업과 관련한 계획을 자세히 작성해 제출했다. 게다가 취업을 위한 인터뷰가 아니었으므로 자기소개를 하라는 건 적절치 않은 요구로 느껴졌다. 그는 공들여 쓴 서류들을 전혀 읽지 않은 것 같았다. 내가 지금은 기억도 나지 않는 '자기소개'를 얼기설기 엮는 동안 숨은 벌레라도 찾는 듯 내 서류를 산만하게 뒤적거리고 있었으니까.

하지만 그날 종일 나를 찜찜하게 했던 것은 면접관이 아니었다. 정확히 말하면 그는 약간의 불쾌함만 주었을 뿐이다. 나에게 긴 당황스러움과 말끔하지 않은 뒤끝을 남겨준 것은 내 앞에 던져진 질문이었다. 그때까지 단 한 번도 진지하게 묻지 않았던 질문, '나는 누구인가?' 성실하게 쓴 서류를 건성으로도 훑어보지 않은 면접관 '덕분에' 붙잡게 된 질문이었다. 내 인생에 면접의 경험은 고작 다섯 번 정도였고, 신기하게도 그 다섯 번의 면접에서 자기소개를 해보라는 질문은 받아본 적이 없었다.

나는 누구인가? 이처럼 생각의 범위가 360도로 펼쳐지는 물음이 또 있을까. 막막하기 짝이 없었다. 그리고 무척 자존심이 상했다. 내가 누구인지 말하기가 이토록 어렵다니. 어쨌든 내 형체를 찾아보고 싶었다. 누가 자기소개를 해보라고 할 때 "나 이런 사람입니다"라고 내놓을 나를. 나는 '나는'이라고 시작하는 문장을 생각나는 대로 만들어나갔다.

나는 박선희다. 나는 글을 쓰는 직업을 가지고 있다. 나는 내 직업에서 주류에 속하지 않는 게 인간으로서는 다행이라고 생각한다. 나는 메이저보다 마이너에 끌리고 그게 나에게 더 어울린다고 믿는다. 나는 내 외모와 내면의 부조화가 마음에 들지 않을 때가 있다. 나는 내가 하고 싶은 일들과 해야 할 일들의 양을 고려할 때 게으른 편에 속한다. 나는 나의 게으름을 수시로 탓하지만 심각할 정도는 아니다. 나는 스트레스에 취약해 신경을 많이 쓰면 상당히 예민해지고 몸도 아프다. 나는 좋아하는 사람도 많지만 좋아하지 않는 사람도 적지는 않다. 나는 좋아하는 사람에겐 마음을 열어놓지만 불편한 사람은 되도록 무관심하거나 피하려 한다. 나는 성취욕은 많지 않지만 끈질김은 있다. 나는 패키지여행보다 자유여행을 좋아한다. 나는 걷는 것도 몹시 좋아한다. 나는 가난하지만 돈 버는 일에 큰 관심을 갖게 되지는 않는다. 나는 돈이 없으면 불편하다는 것은 안다. 나는 말보다는 눈빛과 표정에서 진실과 거짓을 가려낸다. 나는 전화나 문자 메시지로 대화하는 것보다 얼굴을 마주 보고 얘기하는 게 좋다. 나는 누가 내 외모를 의식적으로 관찰하는 게 많이 불편하다. 나는 일주일 동안 혼자 있어도 심심하지 않다. 나는 혼자 잘 놀 수 있어야 다른 사람과도 잘 놀 수 있다고 생각한다. 나는 다수가 집단으로 만나는 것보다 마음이 통하는 사람 몇 명이 소수로 만나는 것을 선호한다. 나는 육식보다 채식을 좋아한다. 나는 나무를 사랑한다. 나는 죽는다면 월계수 나무 아래 묻히고 싶다. 나는 늦게 자고 늦게 일어난다. 나는 주관적인 판단에 의해 친절해지기도 하고 까칠해지기도 한다. 나는 소심하다는 말도 듣고 대범하다는 말도 듣는다. 나는 웬만한 일은 웃어넘기지만 아니다 싶으면 상대에게 어떤 문제가 있다고 생각하는지 솔직하게 말한다…….

'나는 _____다'는 끝없이 나왔다. 그것은 캔버스를 종횡무진하며 연결성 없이 자기 모습을 그려가는 자화상 그리기 같았다. "자기소개를 해보세요"라고 했던 면접관에겐 뜨악한 내용이겠지만 의미 있는 자화상이었다. 완벽하진 않지만 어느 정도 형체를 드러낸 내 모습이 구석구석 바꿔놓고 싶긴 해도 썩 나쁘진 않았다. '나는 누구인가'의 80점짜리 답은 될 수 있을 테니까.

마음 쓰기 연습 ④

—— 당신은 스스로 '나는 누구인가?'라는 질문을 해본 적이 있나요? 지금 '나는 _____다'의 문장 완성으로 당신 자신을 표현하는 문장을 생각나는 대로 다 써보세요. 그리고 길게 이어지며 형체를 드러내는 당신의 모습을 확인해보세요.

의식의 흐름 글쓰기

'나'를 이해하는 데 도움이 되는 글쓰기가 하나 있다. '의식의 흐름 글쓰기' 혹은 '자유연상 글쓰기'. 그때그때 생각나는 대로, 아무런 제약 없이, 말이 되든 되지 않든 두서없이 써나가는 글쓰기다. 글의 맥락, 앞뒤 논리는 싹 무시하고 쓴다. 쉽게 말해 입에서 터져 나오는 대로 말을 하듯, 순간순간 아무런 인과관계 없이 출몰하는 생각, 감정, 상상, 욕구, 감각 등을 줄줄이 이어나가면 된다. 누워 떡 먹기다.

그렇게 자유롭게 연상되는 것들을 따라가다 보면 자신의 내면 세계가 조각난 파편들처럼 하나씩 정체를 드러낸다. 그중엔 무의식에 숨겨놓았던 비겁함, 쪼잔함, 소심함, 거칠고 못난 모습도 섞여 있다. 처음엔 전혀 상관이 없는 조각들이지만 무질서하게 늘어놓은 것들이 모여 형태를 가진 그림이 되기도 한다. 의식 저편으로 밀어놓았던 문제가 의식의 표면으로 떠오르는 것이다. '나에게 이런 문제가 있었구나.' '나에게 이런 모습이 있었구나.'

시작하기가 어려우면 바로 지금 오감으로 느껴지는 것부터 문장으로 옮겨본다. 그리고 거기서 연상되는 것들을 연결해나간다. 예를 들어 창밖에서 들려오는 자동차 소음이나 누군가와 주고받은 카카오톡 메시지, 옆집에서 건너오는 음식 냄새 등으로부터 출발해 단순 연상으로 떠오르는 것들을 차례로 이어가는 것이다.

창밖에서 자동차가 급정거하는 소리가 들려온다. 나는 요즘 예전보다 순발력이 많이 떨어진 것 같다. 엄마가 길에서 넘어져 팔을 다쳤다. 2년 전 밤길을 급하게 걷다가 구덩이에 빠진 적이 있다. 남들은 내가 침착하다고 알고 있지만 실은 그렇지 않다. 어제 친구와 잡은 약속 날짜에 다른 일이 있었다는 걸 몰랐다. 나는 주변 사람들이 나 때문에 실망하는 게 두렵다…….

엄숙, 진지, 조심성, 다 던져버리고 놀이를 하듯 써나간다. 이렇게 줄줄이 엮어가다 보면 내가 눈치채지 못했던 내 모습, 내 문제가 보인다.

　몇 가지 '꼭 지켜야 할 점'이 있다. 첫째, 절대로 멈추지 말고 쭉쭉 써나간다. 둘째, 인위적으로 만들어내거나, '이걸 써도 되는지' 검열하지 않는다. 셋째, 문장이나 맞춤법은 완전히 무시한다.

마음 쓰기 연습 ⑤

—— 당신이 몰랐던 당신의 모습을 알고 싶나요? 의식의 흐름 글쓰기를 해보세요. 이렇게 합니다.

1. 다음 두 가지 중에서 선택해 문장 하나를 써보세요.
　　지금 바로 당신 머릿속에 떠오른 것(무엇이라도 좋습니다). / 지금 청각 또는 시각, 촉각, 후각, 미각으로 느껴지는 것.
2. 그 문장에서 시작해 바로바로 연상되는 것을 꼬리에 꼬리를 물듯 문장으로 이어가세요(주어진 시간은 15분. '꼭 지켜야 할 점'을 잊지 마세요).
3. 첫 문장부터 마지막 문장까지 읽어본 뒤, 거기서 보이는 당신의 모습 혹은 당신의 문제(상태)가 무엇인지 덧붙여 써보세요.

이드 씨와
슈퍼에고 씨

'
_____
_____
_____
_____
        ,

　함께하는 것만으로도 즐거운 사람이 있는가 하면, 한 시간만 같이 있어도 금세 피곤해지는 사람이 있다. 후자의 대표적인 유형은 지나치게 자기중심적인 사람일 것이다. 이런 사람은 남의 사정이나 상황 따윈 개의치 않고 자신의 욕구와 이익에만 충실하다. 따라서 본인은 괴로워할 일이 별로 없다. 자기중심성이 심각한 수준이 아니고 주변에서 잘 참아주기만 하면 문제도 생기지 않는다. 이드 씨의 지배를 받는 사람들이다.

　사는 게 가장 힘들고 피곤한 사람은 정반대의 유형이다. 자신에게만 유독 엄격한 사람. 이런 사람은 타인에게 조금만 피해를 줘도 자책이나 죄책감에 시달린다. 상대가 못되게 굴어도 화를 내지 못하고, 화를 낸다 해도 곧 후회하고 그냥 넘어가지 못한 자신을 탓한다. 슈퍼에고 씨의 지배를 받기 때문이다.

정신분석학자 프로이트에 따르면 사람에겐 세 가지 인격이 있다. 이드^{id} 씨, 에고^{ego} 씨, 슈퍼에고$^{super-ego}$ 씨다. 이드 씨는 '쾌락 원칙'의 지배를 받으며, 우쭈쭈 과보호를 받는 아이처럼 즉각적인 만족을 얻으려 한다. 이드 씨의 파워가 강한 사람은 본능에만 충실해 타인에 대한 배려 없이 "내 맘대로 할 거야. 참지 않을 거야" 식의 이기적 인간이 된다. 정도가 심한 경우 반사회적 행동을 할 수도 있다.

슈퍼에고 씨는 사회와 문화, 도덕, 규범을 통해 형성되며 '완벽 원칙'을 따른다. 모범적이고 이상적인 행동을 하도록 이끄는 종교지도자 같다고 할까. 하지만 슈퍼에고 씨의 위력이 크면 삶이 고달프다. 마치 신이 옆에서 감시라도 하는 것처럼 작은 실수도 용납하지 않고 자기 절제가 심해진다. 죄의식에 사로잡히거나 툭 하면 자기 비난을 하고, 남의 눈치 보느라 피곤할 때가 많다. 여기서 더 나가면 우울증이나 자학 증상을 보이기도 한다.

다행히도 이드 씨와 슈퍼에고 씨의 중간에서 "잘 해보자" 중재를 하는 에고 씨가 있다. 에고 씨는 '현실 원칙'에 입각해 양쪽의 균형을 잡으며 합리적인 해결책을 찾는다. 하지만 몸과 마음이 건강한 사람이 아니면 에고 씨가 열심히 밀당을 해도 균형을 잡기가 쉽지 않다.

슈퍼에고 씨의 지령, 이드 씨의 충동, 이 둘을 현실의 요구에 맞게 조율하는 에고 씨의 중재. 내 안에 공존하는 세 인격의 모습을 잘 이해하는 것은 나를 잘 아는 길이기도 하다. 평소 나를 지배하는 것은 이드 씨일까, 슈퍼에고 씨일까? 에고 씨는 능력 발휘를 잘 하고 있을까?

이드 씨와 슈퍼에고 씨 사이에서 완벽하게 균형을 이루고 사는 사람은 극히 드물 것이다. 대부분은 이드 씨와 슈퍼에고 씨 중 어느 하나가 상대적으로 파워를 행사하며 마음과 행동을 조종한다. '내 맘대로 살 거야' 식의 자기중심적인 사람은 타인을 불편하게 할 수 있다는 점에서, '실수 없이 잘 해야 한다'는 식의 완벽주의자는 스스로를 힘들게 한다는 점에서 양쪽 다 종종 에고 씨의 도움을 받을 필요가 있다.

에고 씨를 불러내는 가장 좋은 방법은 흰 종이와 연필을 준비하는 것이다. 글을 쓰는 일은 다분히 이성적 행위로 에고 씨가 중심에 놓인다. 즉, 글쓰기는 내면의 이드 씨 혹은 슈퍼에고 씨를 제대로 들여다보고 적절한 태도와 행동방식을 찾아나가기에 적합한 도구가 된다. 언제 어디서나 해볼 수 있는 '나 탐색'의 글쓰기. '나'가 이해받지 못할 때, '나'가 힘들어할 때, 내 안의 이드 씨와 슈퍼에고 씨를 체크할 유용하고 간편한 방법이다.

마음 쓰기 연습 ⑥

타인을 불편하게 하면 안 된다는 강박으로 행동에 제약을 받은 일, 당신이 한 언행에 필요 이상 죄책감을 느껴 심하게 스트레스를 받은 일이 있나요? 혹은 그와는 반대로 당신이 별생각 없이 한 말과 행동으로 주변 사람들이 불쾌해하거나 스트레스를 받은 일이 있나요? 누군가로부터 다음과 같은 말을 듣는다면 에고 씨에게 조언을 구해 보세요.

- 하여튼 자기 생각만 한다니까.
- 너무 잘 하려고만 하니까 힘들지.
- 세상 참 편하게 산다.

- 너무 참지 마. 그렇게 참다가 병난다.

—— 지금 연필을 잡고 당신 안의 이드 씨, 에고 씨, 슈퍼에고 씨에 대해 다음의 순서대로 써보세요.

1. 당신 안의 슈퍼에고 씨 혹은 이드 씨가 어떻게 당신을 코치했으며 무엇이 문제였다고 생각하나요?
2. 당신이 인간관계에서 기대하는 것은 무엇인가요?
3. 당신 안의 에고 씨는 어떤 해법을 제시해주고 있나요?

완벽주의에서 벗어나게 할 문장

　한 사람에게 해줄 수 있는 최고의 칭찬이면서 불편한 굴레가 되는 말은 무얼까? 아마도 "완벽해"라는 말이 아닐까 싶다. 그 한마디의 칭찬은 벅찬 기쁨과 함께 '실망시키지 말아야 할 텐데'라는 부담까지 안겨준다. 그런데 타인의 칭찬이나 기대가 아니라도 우리는 스스로 완벽주의의 목줄을 차고 자신을 몰아붙이곤 한다. "에이, 나는 완벽주의자가 아닌데요"라고 말할 사람도 있겠지만, 만사 귀찮은 무기력 상태가 아니라면 누구나 완벽해지고 싶은 부분은 있기 마련이다.

- 다음 주 프레젠테이션에서 아주 작은 실수도 해서는 안 돼.
- 다른 건 몰라도 결혼식만큼은 누구나 부러워할 만큼 특별하고

멋지게 할 거야.
- 적어도 우리 팀에서는 최고의 실적을 올려야지.
- 아무리 힘들어도 절대 약한 모습 보이면 안 돼.

이런 다짐들 뒤에는 '나를 닦달할 거야'라는 무서운 자기 위협이 숨어 있다.

내 경우, 타인과 하는 약속이든 자기 자신과의 약속이든 '약속은 꼭 지켜야 한다'는 철칙에 가까운 신념이 있었다. 그런 신념은 지키지 못한 일들에 대한 실망과 자책으로 이어질 때가 많았고, 다음 달 혹은 다음 해로 넘겨서라도 하고야 마는 집착이 되기도 했다. 이런 성향 때문에 가끔 웃지 못할 상황이 연출되곤 했는데, "언제 밥 한번 먹자"고 하는 사람에게 "언제 먹을까?"라고 물어 당황스럽게 하거나 헛웃음을 짓게 만든 일이 꽤 여러 번 있었다. '언제 밥 한번 먹자'라는 말이 내 신념을 바꾸는 데 큰 역할을 하기도 했지만. '빈말이라면 아예 하지를 말지'라는 깐깐함을 버리고 '시간이 되면 보자는 말이구나' 대수롭지 않게 넘길 여유를 갖게 된 것이다. 때로는 신중히 생각지 못한 채 약속부터 할 수도 있고, 상황과 조건이 여의치 않으면 약속을 못 지킬 수도 있다는 느슨함도 갖게 되었다.

타인에게 끝없이 과한 노력을 강요하는 게 폭력이듯, 완벽에 대한 집착으로 자신을 못 살게 구는 것 역시 폭력이다. 또 하나 알아두어야 할 사실, 완벽해지려고 하는 것은 타인에게 잘 보임으로써 스스로 만족하기 위한 무의식적인 노력일 수도 있다는 것!

마음 쓰기 연습 ⑦

당신이 완벽주의자인지 아닌지 알고 싶다면 다음 질문들을 체크해 보세요.

- 어떤 일을 할 때 과정을 즐기기보다 목표 달성에 집착하는가?
- A+ 수준의 성공이 아니면 실패로 보는가?
- 근사하게 해낼 수 없을 것 같은 일은 아예 시도조차 하지 않는가?
- 하던 일이 성에 차지 않을 때 바로 그만두고 마는가?
- 뜻대로 되지 않은 게 하나라도 있으면 하루를 망친 것 같아 화가 나는가?
- 주변의 모든 사람에게 호감을 주어야 한다고 생각하는가?
- 작은 실수도 용납하지 못한 채 괴로워하곤 하는가?

- 과제를 잘 수행하기 위해 자신을 혹사시키곤 하는가?

몇 가지라도 해당이 된다면 구멍을 한두 칸 늘려 완벽주의의 목줄을 여유 있게 해보세요.

—— 보다 완벽한 것을 위해 당신이 평소 하는 다짐은 무엇인가요? 그 다짐을 배반하는(혹은 배반할지도 모르는) 결과로 인한 스트레스와 강박, 부정적인 감정에서 벗어나게 할 문장을 만들어보세요. 예를 들면 이렇게요.

- 아무리 힘들어도 절대 약한 모습 보이면 안 돼. → 운동 시합이나 목숨 걸고 지킬 일이 아니라면 '아무리 힘들어도 절대'는 빼자. 사랑하는 사람들이 나를 도울 기회를 줘야지.
- 적어도 우리 팀에서는 최고의 실적을 올려야지. → 나 이제, 최고를 향한 불안보다는 최선이 맛보게 할 뿌듯함으로 마음 바꿔 탈래.

2장 의미

나는 어떻게
살고 싶은 걸까?

나의 장례식에 초대합니다

'나의 장례식에 초대합니다'

몇 년 전 G여고 문창과에 강의를 나갈 때 아이들에게 실기 연습으로 내주었던 글감이다. 2018년 KBS의 한 시사토크쇼에서 방송했던 '나의 생전 장례식에 초대합니다'로부터 힌트를 얻은 제목이었다. 방송에서는 죽음과 가까운 노인들이 사랑하는 이들과 작은 파티를 즐기며 마지막 인사를 나누기 위해 '살아 있을 때의 장례식'을 열기로 하고 만든 초대의 말이었는데, 처음엔 좀 색다른 글을 써보게 할 목적으로 아이들에게 다소 뜬금없는 제목을 던져준 것이다. 별 기대는 없었다. 신체적으로나 정신적으로나 왕성한 성장기에 있는 10대에게 장례식이라니, 얼마나 낯선 말인가. 30분도 지나지 않아 "지루해요", "재미없어요"라는 말이 나올 때 단호히 고개를 저을 준비를 하고 있었다.

하지만 시간이 지나면서 호기심이 무럭무럭 자라났다. 대체 이 철부지들이 어떻게 자기 장례식 초대장을 이토록 열심히 쓸 수 있지? 정말 한 녀석도 빼놓지 않고 노트북 컴퓨터에 고개를 처박은 채 자기 장례식 초대장 쓰기에 몰두하고 있었다. 설마 생일 초대장을 쓰고 있는 건 아니겠지?

아이들은 주어진 두 시간을 꼭 채워 초대장을 완성했다. 그다음은 한 명씩 돌아가며 자신이 쓴 초대장을 읽기로 했다. 대부분은 사랑하는 가족과 친구들을 생각하며 쓴 글이었는데, 아이들은 소년 소녀가 낼 수 있는 가장 진지한 목소리로 한 문장 한 문장 낭독을 이어갔다. 열 명 중 두 명 정도는 죽음을 명랑하게 받아들이면서 자신의 장례식을 축제처럼 기념해 달라고 유머와 위트를 담아 당부했다. 그리고 나머지는 가족과 보낸 행복한 시간들과 그제야 소중했음을 알게 된 일상의 추억들, 조건 없이 받았던 사랑을 회고하며 더 이상 그들을 볼 수 없게 된 것을 슬퍼했고, 철없는 이기심으로 더 많은 것을 나누지 못했음을 아파하고 마음에 없이 주고받은 상처를 후회했다. 친구들에게는 그동안 공유했던

10대의 비밀과 귀여운 일탈, 성장통, 미래에 대한 꿈을 얘기하며 많은 시간 자신과 함께해준 데 고마움을 표하고, 자신을 기억해 달라고 부탁했다.

장례식 초대의 글을 하나하나 들으며 목이 꽉 메었던 것은 나뿐이 아니었다. 낭독하는 아이가 감정을 억제하느라 잠깐씩 멈출 때는 다른 아이들도 심각한 표정으로 고개를 숙이고 있거나 소지품을 만지작거렸다. 심지어 낭독을 중단한 채 책상에 엎드려 흐느끼는 아이도 있었다. 그 아이를 잠깐 안아주고 내가 대신 초대장을 읽다가 결국 울음이 터져 나올 것 같아 포기하고 다른 아이에게 넘긴 일은 모두에게 웃음을 안긴 해프닝으로 남았다.

단순한 동기에서 써보게 한 '나의 장례식에 초대합니다'는 뜻밖에도 잊지 못할 의미 있는 시간을 만들어주었다. 지나온 날들을 차분히 점검하며 자신을 돌아볼 수 있었다는 점에서, 그리고 진심을 다해 속마음을 털어놓음으로써 카타르시스를 경험할 수 있었다는 점에서 그랬다. 새삼 알게 된 또 하나의 사실이 있다. 유언의 글은 죽음을 생각하는 글이 아니라, 과거로 시간 여행을 하며 삶을 성찰하는 글이라는 것. 삶이 쉽지 않다면 죽음 앞에 선 기분으로 차분히 유언의 글을 써보는 건 어떨까. 너무 무겁지 않게,

그러나 진실함을 지참하고서.

마음 쓰기 연습 ⑧

—— 내일, 당신에게 죽음의 천사가 찾아오게 되어 있습니다. 지금 흰 종이 한 장을 준비해 당신의 장례식 초대장을 완성해보세요. 당신에게 주어진 시간은 단 하루. 마지막 남은 하루의 삶에서 당신이 할 일은 사과나무를 심는 것도 오늘을 최대한 즐기는 것도 아닙니다. 당신은 영원한 작별의 자리에 와주길 바라는 이들에게 마지막 인사를 하기로 합니다. 첫 문장은 이렇게 시작합니다. '나의 장례식에 초대합니다.'

가슴속에 담아두고 말하지 못한 말, 살아온 날들에 대한 회고, 잊지 못할 일들, 잊지 못할 사람들, 꼭 전하고 싶은 감사 인사, 미처 하지 못한 용서와 화해, 삶에서 얻은 교훈, 살아 있는 이들에게 어떻게 기억되길 바라는지 등등, 어떤 이야기라도 좋습니다.

닮고 싶은 식물, 닮고 싶은 동물

환경과 사람, 사회를 위한 가치를 담아 전 세계에 나무를 심고 반려나무를 분양하는 소셜 벤처기업 '트리플래닛'에서 이메일로 보내주는 식물 이야기를 재미있게 받아보고 있다. 식물의 생장에 관한 글을 읽다 보면 왜 식물에도 '반려'라는 말을 붙이는지 고개를 끄덕이지 않을 수 없다. 하나의 생명체로서 보여주는 본능과 의지, 삶의 방식 등이 놀랍도록 선명하기 때문이다. 얼마 전 받은 몬스테라 이야기는 짧지만 감동적이어서 두 손을 가슴에 모으기까지 했다.

사랑과 배려의 나무, 몬스테라

몬스테라 잎에 구멍이 나는 이유를 아시나요? 울창한 멕시코 정글에서 태어난 몬스테라는 열대우림의 큰 나무들 아래에 드는 빛으로 살아가는데요, 그 소량의 빛을 아래 잎에도 골고루 나누어 함께 잘 살기 위해 잎에 구멍을 내는 거랍니다.

또 시시각각 변하는 비바람과 거친 자연환경에서 살아남기 위해 잎이 찢어진 채로 자라게 되었어요. 그 모양이 마치 구멍 난 치즈 같다고 하여 서양에서는 '스위스 치즈 플랜트'라고도 불리는 몬스테라. 습한 정글에서 심호흡하던 버릇이 있어 유독가스를 빠르게 정화해준답니다.

강인한 생명력으로 실내에서도 쉽게 트로피컬 분위기를 누릴 수 있는, 잎 하나하나에 사랑과 배려를 담은 몬스테라를 건강하고 밝게 키우는 법을 만나봐요!

그 뒤엔 몬스테라를 잘 키우는 방법이 길게 나열돼 있었다. 이 글을 읽기 전까지는 몬스테라 잎에 난 구멍에 그토록 숭고한 이타성과 지혜로운 생존 전략이 담겨 있을 줄 상상도 하지 못했다. 실내 공기 정화 식물로 흔히 볼 수 있는 몬스테라. 내 눈에 감탄할 만큼 예쁘지도 우아하지도 않아 보였던 그 식물이 정말 사랑스럽게 느껴졌다.

사랑과 배려의 나무 몬스테라 이야기를 일기장에 옮겨 적으며 들었던 생각.

'닮고 싶다.'
'한번 키워보고 싶다.'
'배워야 할 대상이 사람이 아닌 식물 혹은 동물일 수도 있구나.'

이후에 나는 닮고 싶은 식물과 동물에 대해 짤막한 글을 썼다.

꽃기린
    선인장의 한 종류인 꽃기린은 일 년 내내 꽃을 피운다. 붉고 예쁜 모습 그대로 드라이플라워가 되어 고요히 잎을 떨어뜨리고, 다른 자리에 새로운 꽃잎을 피워 올린다. 바싹 말라 더 이상 꽃이 아니게 될 때까지 절대로 추한 모습을 보이지 않는다. 최소한의 수분만으로 하나둘 비밀처럼 꽃을 피우며 자기관리를 하는 깔끔함이 아름다움 그 이상이다. 나의 삶이 그러하다면 어떨까.

코끼리의 코
    코끼리의 코는 매우 복잡한 구조로 되어 있으며 그것을 움직이려면 5만 개의 근육이 동원된다고 한다. 코끼리가 그토록 발달한 코를 가진 이유는 무얼까. 긴 코를 자유자재로 휘어 먹을 것을 입으로 가져

가는 것은 기본이고, 그보다 몇 배 소중한 기능을 한다. 자식을 사랑하고 보호하는 데 필요한 '부드러움과 강함의 균형'이다. 새끼 코끼리를 어루만질 때 코끼리의 코는 놀라울 만큼 부드럽고 섬세하다. 또 엄청난 힘으로 새끼 코끼리 앞의 장애물을 치우고, 물을 뿜어 목욕을 시키며, 위험을 알리는 신호음을 내기도 한다. 코끼리의 코에 들어 있는, 부드럽고도 강한 자식 사랑의 법칙, 예쁘지 아니한가.

마음 쓰기 연습 ⑨

── 집에서 키우는 반려 식물이나 반려 동물, 혹은 TV나 주변에서 보는 동식물을 세심히 관찰해보세요. 생각지 못했던 흥미로운 사실들을 발견하게 될 것입니다. 그들 나름의 생존 방식과 질서, 독특한 습성, 심지어 성격과 감정과 지능까지. 우리와 동등한 생명체로서 식물 혹은 동물이 보여주는 놀랍거나 신비한 생태에 관해 써보세요. 당신이 감성의 폭을 조금 넓힌다면 그들에게서 우리 삶에도 적용 가능한 감동이나 통찰을 얻을 수도 있을 겁니다.

나만 쓸 수 있는
나만의 이야기

그때가 언제였는지 가물가물할 만큼 오래전, D식품회사의 문화사업 중 하나인 'D문학상'에 응모한 적이 있다. 직장생활을 하고 있을 때였다. 글의 소재는 D사의 주력 상품인 '커피'였고, 응모를 결심하기까지는 그리 긴 시간이 필요치 않았다. 심심풀이로 끼적끼적 정체불명의 글을 쓰는 게 취미였던 데다 두 가지 동기가 번쩍 손을 들었다. 첫째 동기는 꽤나 즉흥적이고 가벼웠다. '어? 상금이 꽤 크네.' 둘째 동기는 당연하다 못해 상투적이었다. '나는 진짜 커피를 좋아한다.'

며칠 만에 원고지 30매를 채운 후 문장을 하나하나 다듬고 다듬어 보낸 글은 가작으로 뽑혔다. 얼토당토않은 '근자감'으로 상

위권의 낭보를 기다리고 있던 나는 내심 실망했다. '내 글이 가작이면 대상은 얼마나 잘 썼다는 거지?' 얼마 후 수상 작품집이 도착했을 때 나는 붉어진 얼굴을 두 손바닥으로 덮어야 했다. 대상 수상작을 읽고 나서였다.

대상의 주인공은 가내수공업 작업장에서 일하는 노동자였다. 그가 커피를 마시는 이유는 '다른 무엇으로도 대체할 수 없는 커피의 맛과 향 때문'이라거나 '커피 한잔으로 누리는 일상의 여유와 작은 행복을 위해' 같은 진부함을 보기 좋게 깨부수는 것이었다. 간단히 말해 그는 '돈을 벌기 위해' 커피를 마셨다. 낮에는 단순노동의 무료함을 쫓으려, 밤에는 야근 때 찾아오는 졸음을 쫓으려 커피를 달고 산다고 했다. 그에겐 커피가 생존을 위한 필수 식품이었던 셈이다. 하루 수차례 마시는 커피를 노동의 에너지원으로 삼았다고 할까. 커피에 관한 그 어떤 서정적인 시도, 혼례는 못 올려도 커피만은 못 끊겠다는 바흐의 〈커피 칸타타〉 노랫말도 싱겁게 느껴질 만큼, 한 노동자의 '커피 마시는 이유'는 경건하고 강렬했다.

고단한 수공업 노동자의 삶을 평범하고 담담한 문장으로 보여 준 커피 이야기는 '말잇못'의 감동을 주기에 충분했다. 직장 동료들의 모닝커피를 담당하는 즐거움에 관한 내 이야기는 겉멋 든 문장들과 함께 가작도 과분하다 싶었다. 얄팍한 동기로 글을 써 보내고 얻은 것은 가작에 해당하는 상금이 아니라 하나의 중요한 진실이었다. 독자를 압도하는 핵심은 잘 만들어진 문장보다 빛나는 진정성이라는 것! 글쟁이로 18년을 보내며 확인한 사실도 그랬다. 글을 쓰는 데 가장 큰 무기는 문장력보다는 진정성이다. 글을 심심풀이 간식거리처럼 생산하고 소비할 게 아니라면.

대상을 받은 그 글에 가장 큰 힘을 얻은 사람은 누구였을까? 없는 시간을 쪼개 토막글을 이어갔을 바로 그 노동자였으리라 나는 확신한다. 어쩌면 그는 D문학상 광고를 보고 처음 글을 쓴 게 아니라, 야근하고 집에 돌아와 다시 커피로 잠을 쫓아가며 꼬박꼬박 일기를 쓰고 잠자리에 드는 성실하고 우아한 노동자였을지도 모른다. 이런 사람에겐 느낌표 열 개쯤의 감사를 보내고 싶어진다.

마음 쓰기 연습 ⑩

삶의 고단함을 이겨내는 당신만의 이야기가 있나요? 글쓰기에 자신감이 없어서 책상에 자리 잡고 앉을 생각조차 못 하고 있나요? 중요한 준비물을 갖춰보세요. 진정성을 장착하면 기대 이상의 좋은 글이 나옵니다. 게다가 그런 글은 문장마저 괜찮아 보입니다. 음식의 스타일을 중요시하는 요리사보다는 먹는 사람의 건강에 신경 쓰는 요리사의 음식이 더 먹고 싶고 믿음이 가는 것처럼.

—— 조금은 버거운 삶에 대해, 고단한 일상에 대해 진정성을 담아 글을 써보세요. 당신이 쓴 솔직담백한 글에 가장 감동하고 힘을 얻을 사람은 당신 자신입니다.

10년 후의 내가
지금의 나에게

'
,

주말 밤 별다른 일이 없으면 EBS의 영화 프로를 챙겨 본다. 토요일 밤엔 '세계의 명화', 일요일 밤엔 '한국영화특선'이 나에겐 부담 없이 받는 공짜 선물 같다. 재작년 추석 즈음에 보았던 영화는 〈써니〉였다. 개봉관에서 보았지만 복고 신드롬을 일으켰던 유쾌 발랄한 7공주들의 이야기를 다시 보지 않을 이유는 없었다.

모든 영화엔 인상적인 장면이 있기 마련이지만, 〈써니〉는 나의 고딩 시절이 오버랩되어선지 여러 장면이 기억에 남는다. 그중 하나는 어른이 된 나미가 학창시절 써니 멤버들과 찍은 비디오를 보는 장면이었다. '미래의 자신에게 보내는 영상 편지'였다. 30년 전 친구들이 진지하면서도 장난스럽게 미래의 자신을 상상하는 모습을 보며 어른 나미는 웃기도 하고 눈가에 눈물이 맺히기도 한다. 카메라는 곧 고등학생 나미의 얼굴을 비춘다.

안녕, 미래의 나미야? 나는 고등학생 나미야. 어…… 반가워. 어…… 너는 일단은 화가가 되어 있을 거 같고, 아 일단 대학교에 들어가면 음악다방 DJ를 할 거 같애. 아아, 그것도 하고 싶다! 만화책 가게 주인이 되는 거야. 그래서 애들 연체료도 다 깎아주고, 아! 맞다 또 그거, 나는 정말, 너는 정말 소피 마르소를 닮은 거 같애(일동 "야 그건 아니지!"). 왜 그래(웃음), 소피 마르소를 닮았다고 생각해. 그래서 영화도 찍고 이쁜 연예인이 될 거야. 아! 그리고 댄스 가수도 하고 싶은데…….

순수한 말투, 표정, 팔딱팔딱 뛰는 꿈들을 보며 나미는 잊고 있었던 자신을 확인한다. 그리고 주부이며 엄마였던 임나미가 아닌 인간 임나미로서의 해방감을 느낀다. 8년이 지나 두 번째로 보는 영화〈써니〉는 영화관에서 처음 보았을 때처럼 나를 입가에 웃음이 지어지는 먹먹함 속에 있게 했다.

한 지역아동청소년센터에서 중학생들을 대상으로 두 달 정도 자원봉사를 한 적이 있다. 아이들의 마음과 감정, 정서에 초점을 맞춰 미술, 영화, 문학과 연관된 문화 예술적 놀이 프로그램을 구성해 매주 다른 내용으로 진행했다. 대부분은 준비했던 만큼 아이들을 집중시키지 못했다. 사설 학원 대신 들르는 센터인 데다, 곧 헤어질 자원봉사 선생님들과 함께하는 프로그램이라 웬만큼 재밌지 않으면 몇 명만 빼고는 아주 성실히 참여하지는 않았다. 물론 뜻밖의 반응과 결과로 감동이 찰랑거렸던 날들도 있었다. 그중 가장 기억에 남는 프로그램은 '미래에서 온 편지'로, 의도하지는 않았지만 영화 〈써니〉의 '미래의 자신에게 보내는 영상 편지'를 뒤집은 것이었다.

문구점에서 고른 예쁜 편지지를 나눠주며 '10년 후의 내가 현재의 나에게 보내는 편지'를 써보라고 할 때만 해도 나는 큰 기대를 하지 않았다. '아이들이 장난치고 떠들지만 않아도 좋겠다……' 하지만 잠깐의 소란이 지나간 뒤, 잔잔한 음악을 배경으로 아이들은 손 편지 쓰기에 빠져들었다. 속도의 차이만 있었을 뿐 대충 쓰지 않고 심사숙고하는 것 같았다. 한 시간가량 지나 아홉 개의 편지가 내 앞에 모였다. 발표 시간은 가질 수 없었다. 아이들이 한목소리로 원했기 때문이다. "선생님 혼자서만 보면 좋겠어요." 자신의 속마음이 담긴 편지를 부끄러워하는 것 같았다. 집에 와 아이들의 편지를 읽고 아홉 번 아이들에게 고마웠다.

지금부터라도 공부 열심히 해주고, 사람들이 아무렇게나 내뱉은 말에 상처받지 말고 아무 생각 없이 받아들이는 연습을 좀 해. 너도 다른 사람에게 상처 주지 않게 노력하고…… 다른 사람을 좀 더 생각하는 내가 되길 바라.

그때는 이루고 싶던 경찰이라는 꿈을 꼭 이뤘으면 좋겠다……. 힘들면 포기해도 돼……. 너는 모든 방면에서 다 뛰어나기 때문에 뭐든지 잘할 수 있을 거야……. 사랑해.♡

안녕, 과거의 나. 너는 엄청 힘들 때가 많았지. 나는 네가 기쁠 때와 슬플 때, 다 알고 있어……. 나는 지금 유튜브 크리에이터가 되려고 아르바이트를 하고 있어. 힘든 일이 산더미겠지만 열심히 앞으로 나아가길 바랄게. 잘 지내고 친구 많이 사귀어.

우선 너에게 미안하다고 말하고 싶어. 나는 늘 무엇이 잘 안 되면 자책을 하며 나 자신을 깎아내렸어. 그런 악순환이 반복되며 나의 자존감을 깎아내렸지……. 항상 자기 자신을 사랑하면 좋겠어.

몇 개의 편지를 중간중간 발췌했는데도 그때의 진한 느낌이 차락차락 가슴을 적신다. 또래 아이들과 다르지 않지만 가정환경이 어렵거나 상처가 있거나 자존감이 떨어진 아이들이 몇 있었기에 더욱. 손 편지는 타인에게 쓸 때도 진심을 고르게 되지만, 자기 자신에게 쓸 때 더욱 깊은 내면의 말을 길어내는 것 같다. 아이라서가 아니라, 사람이면 누구나 가질 수 있는 보통의 마음이라서.

마음 쓰기 연습 ⑪

—— 10년 후의 당신이 지금의 당신에게 바라는 마음을 담아 '미래에서 온 편지'를 써보세요.

미래를 위한 씨앗 문장

친구들끼리 신년 모임을 가졌다. 한 친구가 말했다.
"올해를 맞는 기분이 어떤지, 돌아가며 한마디씩 해보자."
대부분은 평범한 얘기들이었다.
"특별한 느낌 없음."
"새해니까 1부터 다시 시작하는 기분?"
"또 한 살 먹었구나!"

그다음 S라는 친구가 무심코 내뱉은 말도, 내가 별 근거 없이 한 말도 모두 별생각 없이 흘려 넘겼다. S는 "난 올해 운이 없으려나? 기분이 별로야"라고 말했고, 나는 "난 왠지 올해 정신없이 바쁠 것 같다"고 했다.

우연이었을까? S와 나는 그날 말했던 대로 일 년을 보냈다. S는 건강이 안 좋아져 고생이 심했고, 나는 일복이 터져 일 년 내내 마음도 손도 발도 바빴다.

2009년 MBC가 한글날 특집으로 방송한 다큐 〈말의 힘〉에는 주목할 만한 실험 내용이 담겨 있었다. 실험 참가자들이 대기실에서 실험실까지 가는 발걸음과 실험을 끝내고 실험실에서 대기실까지 돌아가는 발걸음의 변화를 측정하는 것이었다. 실험실에서 대기실까지의 거리는 40미터. 남녀 열두 명을 두 그룹으로 나누어 실험을 진행했다. 참가자에게는 실험 목적을 말하지 않았고, 30개의 단어 카드를 이용해 문장을 만드는 언어 능력 테스트라고 설명했다. A그룹에게는 노인을 연상시키는 단어를 사용해 문장을 만들라고 했고, B그룹에게는 젊음을 연상시키는 단어를 사용해 문장을 만들라고 했다.

진짜 실험은 그 실험이 끝나고 대기실로 돌아갈 때부터 시작되었다. 숨어서 참가자들이 대기실에서 실험실까지 걸어가는 시간을 측정했던 제작팀은, 가짜 실험이 끝나자 참가자들이 실험실에서 대기실까지 걸어가는 시간을 측정했다. 그 결과 A그룹은 실험 전에 비해 실험 후 발걸음이 평균 2.32초 느려졌다. 반대로 B

그룹은 평균 2.46초 빨라졌다. 자신이 사용한 단어의 내용에 따라 스스로 의식하지 못한 채 기분이 가라앉거나 반대로 활력을 느낀 것이다.

이 실험을 처음 실시했던 예일대 존 바그 교수는 말했다. "어떤 단어에 노출되면 뇌의 일정 부분이 자극을 받고 뭔가 할 준비를 하게 된다." 우리가 한 말은 뇌가 기억하고, 뇌가 기억한 말은 우리의 행동을 지배하면서 전혀 다른 결과를 가져온다. 우리가 하는 말이 어쩌면 인생에 결정적인 영향을 줄 수도 있다는 말이다.

2012년 EBS '다큐프라임'의 실험에 따르면, 어떤 언어를 접했느냐에 따라 사람의 행동 양식은 완전히 달라진다. 뛰어가다 다른 아이와 부딪쳤을 때, 예의와 배려의 긍정어를 접한 아이들은 상대를 걱정하거나 사과를 했고, 무례와 불손의 부정어를 접한 아이들은 화내거나 짜증을 냈다.

말에 관한 여러 실험은 어떤 종류의 말을 하느냐에 따라 판이한 결과를 얻을 수 있음을 말해준다. '난 언제나 사람들하고 문제가 생겨.' '하는 일마다 안 돼.' '나 같은 사람한테 그런 행운이 올 리 없지.' 이런 말들이 좋지 않은 미래에 대한 예언이라고 장담할 수는 없다. 하지만 여러 실험이 얘기해주는 의미심장한 사실을 굳이 무시할 필요는 없지 않을까?

마음 쓰기 연습 ⑫

—— 당신이 경험하고 싶은 내적·외적 상황, 바라는 내일, 다다르고 싶은 미래를 위한 씨앗 문장을 만들어보세요. 그리고 수시로 그 문장들을 꺼내 읽어보세요.

3장 현실

**일상이 힘들 때
나를 지키려면**

내가 나에게 주는 선물
한 문장

나는 가끔 나에게 선물을 한다. 도드라지게 산뜻한 옷이나 액세서리일 때도 있고, 프리스마컬러 색연필이나 독특한 디자인의 스티커 같은 문구류일 때도 있고, 프랑스 제빵국가기술자격증 보유자가 만든 주먹만 한 케이크나 과자일 때도 있고, 중고 매장에서 고른 러시아제 망원경 같은 특이한 물건일 때도 있다. 혼자서 그런 짓(?)을 하면 내가 근사한 사람이 된 것 같은 착각이 든다. 아니, 실제로 그런 내가 멋있다고 생각한다.

내가 나에게 해주는 선물 중 돈 한 푼 들지 않는 것도 있다. 나를 고양시키는 문장을 선물하는 것이다. 자존감이 떨어지려 할 때, 왠지 우울하거나 의욕이 없을 때 그런 문장을 딱 한 줄 써서 선물한다. 그러면 도드라지게 산뜻한 옷을 입었을 때만큼 작은 떨림이 느껴진다.

- 나는 나의 꽃(이 문구는 내가 한동안 손에 꼭 쥐고 다니며 힘을 얻었다.)
- 우울도 우아하게 지나가자, 영화 〈화양연화〉의 절제와 여백처럼.
- 결국 나는 '안 하다'가 아니라 '하다'를 선택하는 사람, 잠깐만 쉬었다 일어나기.

이런 문구들은 나의 정서를 바꾸고, 생각을 바꾸고, 행동을 바꾸기도 한다. 나를 위한 선물 한 문장은 꽃을 피워낼 씨앗처럼 상상 이상의 힘을 품고 있을지 모른다.

마음 쓰기 연습 ⑬

── 이유도 없이 우울하거나 기분이 다운돼 있나요? 그런 자신에게 주는 선물 같은 문장을 만들어보세요. 초롱초롱한 눈빛으로.

Why가 아니라
What으로 질문하기

나는 내가 한 말이나 행동에 대해 바로바로 체크를 하는 편이다. 뭔가 실수를 했다 싶으면 속상함이 찐득하게 들러붙어 짧으면 몇 시간, 길면 일주일을 편치 않게 보낸다. 그러고 나면 대부분은 곧 잊히지만 일상의 자잘한 스트레스가 돼 성가실 때도 있다. 보통은 '지난 일은 어쩔 수 없지' 뒤돌아서지만 한참 동안 꼭뒤가 찜찜하기도 하다.

좋은 방법을 알게 된 건 일 년쯤 전이었다. 전 세계의 뛰어난 영감을 가진 이들이 다양한 주제로 이야기를 들려주는 프로그램 TED의 한 강연을 시청하고 나서였다. 미국 조직심리학자 타샤 유리크Tasha Eurich, 그녀는 '하나만 고치면 자기 인식을 향상시킨다

Increase your self-awareness with one simple fix'는 제목으로 그날 입은 새빨간 투피스만큼이나 열정적인 스피치를 했다.

타샤 유리크는 '진정으로 자각하는 것이 무엇을 의미하는지'를 연구한 결과, 인간이 '자기 인식'을 하는 두 가지 유형을 발견했다. 첫째 유형은 '자기 자신을 잘 알고 있다고 생각하는 사람', 둘째 유형은 '실제로 자기 자신을 잘 아는 사람(내면 성찰을 하는 사람)'이다.

그러면 두 유형 중 어느 쪽이 더 쉽게 스트레스를 받고 더 우울해하는 경향이 있을까. 뜻밖에도 둘째 유형이다. 아니, 내면 성찰을 하는 사람들이? 언뜻 믿을 수가 없다. 타샤 유리크에 따르면 그들은 자아 성찰을 하지 않는 사람들보다 스트레스를 잘 받고 우울해하며, 자기 일이나 인간관계, 주어진 환경을 불만스러워한다. 게다가 한번 우울해지면 '나는 왜 이럴까?' 더 깊이 생각하다가 우울한 기분이 바닥을 치기도 한다. 그러다 스스로 만들어낸 정신적 지옥에 갇힐 수도 있다.

타샤 유리크는 그 이유를 명쾌하게 설명한다. '질문이 틀렸기 때문'이라고. 우리는 흔히 자신을 돌아본답시고 스스로에게 '왜'

를 들이대곤 한다. '나는 왜 그런 말을 했을까?' '왜 나는 발표를 그렇게밖에 못 했을까?' '나는 왜 그 사람과 친해지지 못하는 걸까?' 바로 이 같은 접근 방식이 잘못되었다는 것이다. 그러면서 딱 하나만 바꾸면 답이 나온다고 한다. '왜^{why}'를 '무엇^{what}'으로 바꾸기. 이를테면 '기분이 왜 이렇게 더럽지?'가 아니라 '어떤 상황이 내 기분을 이렇게 만들었지?'로, '저 상사는 왜 나와 물과 기름일까?'가 아니라 '무엇을 하면 저 상사에게 인정받을 수 있을까?'로 질문을 바꾸면 문제가 해결된다는 것이다.

- 왜 하필 나지? → 지금 나에게 가장 중요한 것은 뭐지?
- 나는 왜 자신감이 없을까? → 자신감이 생기려면 무엇을 해야 할까?
- 왜 나한테 이런 일이 생겼지? → 지금부터 내가 해야 할 일은 뭐지?
- 나는 왜 성적이 오르지 않는 걸까? → 성적이 오르게 할 효과적인 공부법은 무엇일까?

타샤 유리크가 수만 명의 자기 성찰 방식 데이터를 분석한 결과, 진정 자신을 잘 성찰하고 잘 알며 그것을 긍정적으로 활용하는 사람들은 스스로에게 하는 질문에서 '무엇^{what}'이라는 단어를

'왜why'라는 단어보다 열 배 이상 사용했다고 한다.

타샤 유리크의 강연을 본 날 나는 '왜'라는 질문을 붙잡던 중이었다. '왜 나는 이 모양일까.' 엄마와 의견 대립으로 잽을 주고받다가 못생긴 말을 사이드라인 밖으로 날리고 통화를 끝낸 터였다. 적어도 나에겐 세상 쿨하고 뒤끝 없는 엄마지만, 언어의 품격 따위 내동댕이친 나 자신에게 화가 났다. '왜'를 '무엇'으로 바꿔 보라는 타샤 유리크의 조언대로 나는 다음과 같은 질문을 만들어 보았다. '말을 함부로 다룬 부끄러움을 만회할 방법은 무엇인가.' 그러고 나니 답은 명쾌해지고 마음도 개운해졌다. '왜'를 '무엇'으로 바꾸는 순간 삶이 180도 바뀔 수도 있다지만, 그렇게까지는 아니더라도 '왜'라고 했을 때보다는 훨씬 합리적이고 현명한 사람이 될 수 있지 않을까.

마음 쓰기 연습 ⑭

— 최근의 후회스럽거나 이해할 수 없었던 일에 대해, 스스로에게 '왜'라고 했던 질문을 '무엇'이 들어가는 질문으로 바꾸고 그 답을 찾아 글로 써보세요.

혹은 당신이 평소 습관적으로 '왜'라고 했던 질문을 '무엇'이 들어가는 질문으로 바꾸고 그 답을 찾아 글로 써보세요.

15분 안에
Cheer up!

　인간은 작은 타격에도 휘청 넘어갈 만큼 약해빠진 존재이기도 하고, 그리 특별하지 않은 시도로도 자가발전을 하는 의외의 강도를 가진 존재이기도 하다. 전자의 경우를 대비하려면 갑작스레 날아오는 벽돌을 막아내는 것처럼 적잖은 내공이 필요하다. 하지만 후자의 경우는 스스로 자신의 상태를 체크하고 관리할 보통의 능력만 있으면 된다. 이유 모를 불안과 어두운 생각이 나에게 접근해올 때, 보통의 능력으로 그 고약한 상태를 날려버릴 방법은 얼마든지 있다.

　미국의 인터넷 건강 정보지 '웹엠디^{WebMD}'의 MD 타일러 휠러_{Tyler Wheeler}가 '스트레스 관리' 카테고리에 슬라이드와 함께 소개한 글이 있다. '15분 안에 기분이 좋아지는 방법.' 15가지로 구성된 항목들이 간단한 행동만으로 효과를 얻을 수 있는 방법이라, 스트레스 관리의 유용한 팁으로 사용해보라는 뜻에서 모두 소개해본다.

1. 마음을 비워라. / 2. 밖으로 나가 시간을 보내라. / 3. 웃어라. / 4. 좋아하는 것을 떠올려라. / 5. 주변 사람들이 잘 되길 바라라. / 6. 산책하라. / 7. 악기를 연주하라. / 8. 미뤄두었던 소소한 일들을 하라. / 9. 다른 사람들과 연락을 취하라. / 10. 영양가 있는 간식을 먹어라. / 11. 선행을 하라. / 12. 스트레칭을 하라. / 13. 친구나 가족과 포옹을 하라. / 14. 자기 자신에게 격려의 말을 하라. / 15. 감사의 글을 전하라.

비관이 습관이 된 사람이 아니라면 "그게 쉽다고 생각해?"라고 따지지는 않을 것이다. 조금의 의지만 가져본다면 못 할 이유가 없는 일들이니까. 매일 한두 가지만 골라 실행해도 스트레스 관리는 훌륭히 해낼 수 있을 것 같다. 특히 이 중 두 가지는 글쓰기 테라피의 방법으로도 기꺼이 권하고 싶다. '좋아하는 것을 떠올려라.' '감사의 글을 전하라.' 각 항목에 덧붙인 설명이 심플하면서 실천해보고 싶게 만든다.

펜을 들고 오늘 좋았던 것들을 노트에 적어보라. 당신이 이루고 있는 좋은 관계, 잘 된 일, 그리고 당신 삶의 긍정적인 부분들에 대해, 그것이 크든 작든 상관없이 떠오르는 대로 써보라. 이런 시도를 하는 사람들은 글을 쓰는 동안 기분이 좋아지고 스트레스의 원인이 되는 것에 신경을 덜 쓰게 된다. 그리고 또 하나의 희소식, 이렇게 하는 데 시간이 거의 걸리지 않는다는 것이다.

당신을 도와준 누군가에게 감사의 글을 써보라. 최근에 당신에게 보여준 호의, 생일 선물 또는 오래 지속되는 지원과 지지에 감사를 표할 수 있을 것이다. 한 연구에 따르면 실제로 이렇게 감사의 글을 쓴 사람들은 스스로 더 감사하도록 자연스럽게 훈련이 되었다.

두 가지 항목 외에 '자기 자신에게 격려의 말을 하라'도 글쓰기 테라피의 유용한 방법으로 넣을 수 있을 것이다. 15분 안에 기분이 좋아지는, 가성비가 꽤 괜찮은 스트레스 관리다.

마음 쓰기 연습 ⑮

── 최근 당신에게 있었던 반가웠던 일, 기억의 책장에 남기고 싶은

일을 떠올려보세요. 그 일은 어떤 일이었고 당신은 어떤 감정을 느꼈나요? 15분 동안, 중간에 멈추지 말고 생각나는 대로 쭉쭉 써나가 보세요.

—— 최근 당신에게 호의를 보였던 사람, 선물을 준 사람, 선물 같은 감동을 준 사람, 당신에게 응원을 보낸 사람, 만남 자체로 힘을 주었던 사람에게 감사의 글을 써보세요. 그리고 카톡 메시지나 메모, 쪽지로 전해보세요.

감사의 문장
발굴하기

나의 아버지는 5년 전에 치매 판정을 받았다. 얼마 전 뇌 상태가 어떻게 변했는지 확인하기 위해 MRI 촬영을 했다. 의사도 신기해할 만큼 더 나빠지지 않았고 거의 5년 전 그대로였다. 실제로 아버지는 치매 초기에 보였던 여러 가지 이상 증세를 거의 보이지 않고 있다. 또렷한 사고와 자기관리는 기대할 수 없지만, 기본적인 소통은 가능할 정도의 인지 능력을 유지하고 있다. 오히려 예전의 불같은 성격이 사라져 순한 아기 같다.

치매보다 걱정되는 건 급격히 떨어진 신체 능력이다. 목 디스크와 척추 협착으로 오른손은 잘 쓸 수 없고 오른쪽 다리는 점점 힘을 잃고 있다. 이제 지팡이도 소용없어 바퀴 달린 보행기에 의

지해 방과 거실을 오가야 한다. 화장실을 이용하는 게 난코스가 되었다. 아버지 혼자 힘으로 할 수 없는 일들은 모두 엄마의 몫이다. 아버지가 노령이라 수술은 고려하지 않고 있다. 해볼 수 있는 일은 보행기를 밀고 집 안을 돌며 다리 힘을 기르는 것뿐이다. 요양병원이나 요양원을 고려하던 우리 가족은 헤어짐의 고통을 견딜 수 없었고, 모두 힘을 모아 아버지를 돌보자는 결론을 내리고 후련해했다.

나는 일주일에 두 번 정도, 아버지가 좋아하는 수제 햄버거나 아이스크림을 사 들고 부모님 댁을 방문한다. 잠깐이라도 말동무를 해드리고 운동을 시키고 팔을 주물러드리는 걸 아버지는 좋아한다. 아이처럼 표정으로 다 드러난다. 별로 살갑지 않던 딸이 어설픈 대로 애를 쓰고 있음을 느끼는 것 같다. 애틋한 시간이다. 하지만 아버지가 현재의 상태를 유지하는 것이(실은 조금씩 상태가 나빠지고 있다) 우리가 기대할 수 있는 최상이라고 생각하면 집으로 돌아가는 발걸음이 묵직할 수밖에 없다. 나는 아직 일어나지 않은 일들에 무심하기 위해 또 애를 써야 한다.

쉽지 않은 시간을 두 팔로 떠받치고 있는 것처럼 마음이 힘들었던 어느 날, 방 정리를 하다가 드로잉 노트를 발견했다. 색연필로 그림을 그리려고 사놓았던 것인데 새것 그대로였다. 작심삼일을 탓하기 전에 머릿속에 반짝 전구가 켜졌다. 나는 내지가 빳빳한 드로잉 노트에 그날 '감사'할 일들을 써넣기 시작했다. 모든 상황이 좋지 않은 것만 같았던 날이었는데 놀랍게도 감사할 일이 생각났다. 네 가지나!

- 팔다리, 손의 통증이 계속되고 있지만 "안 아파"라며 최대한 기품을 지키는 아버지, 고맙습니다.
- 오른발을 끌지 말고 떼라는 딸의 주문에 "박지성 저리 가라, 센터링" 하며 발을 앞으로 뻗어 나를 웃게 만드는 아버지, 고맙습니다.
- 생의 끝 무렵, 아무리 아파도 아이처럼 맑고 예쁜 웃음을 보여주는 아버지, 고맙습니다.
- 난생처음 나 아닌 다른 사람의 손톱과 발톱을 깎아주었다. 길게 자란 아버지의 손톱과 발톱을 깎는 동안 무수한 느낌표가 쏟아져 내렸다. 영원히 기억에 남을 장면에 고맙습니다.

써놓은 문장들을 몇 번 읽는 동안 새로운 에너지가 차오르는 것 같았다. 어떤 순간에도 당황하지 않고 담담할 수 있을 듯한 우아한 힘 같은 것. 그때의 느낌은 정말 근사했다. '감사 일기'에 관해서는 이미 알고 있었지만 직접 해보니 확실한 약효가 느껴졌다. 깜박 잊기도 하고 날짜를 며칠 건너뛰기도 하지만, 그 이후 드로잉 노트에 감사할 일들을 이어나가고 있다. 발굴하는 자세로 하루를 뒤지다 보면 한 가지라도 '여기 있었습니다' 하고 툭 튀어나온다. 마치 신비한 good things처럼(9장 '3 good things a day' 참조). 나는 매번 느낀다. 글을 쓴다는 것은 얼마나 가치 있는 일인가!

마음 쓰기 연습 ⑯

—— 오늘 당신의 하루를 샅샅이 뒤져보고, 감사할 일들을 찾아 문장을 이어가 보세요.

일상의 에너지원이 되어줄
덕후적 글쓰기

G예고에 강의를 나갈 때의 해프닝이다. 매 학기 중간과 기말에 단편소설을 한 편씩 써내는 과제가 있었다. 아이들은 정규 교과와 전공을 병행해 공부하는 격한 부담 속에서도 거의 대부분 빼먹지 않고 소설을 써내는 괴력을 발휘했다. 심지어는 밤새워 하루 만에 뚝딱 원고지 50~60매를 채워 와 수업 내내 혼수상태로 조는 아이도 있었다. 그렇게 한꺼번에 몰아쳐 작품을 만들어내는 능력은 혀를 내두를 정도였다. 물론 완성도는 별개의 문제지만.

해프닝은 D라는 아이의 작품에서 시작되었다. D의 소설은 다른 어떤 아이들의 작품과도 구별되는 완전히 새로운 것이었는데,

문제는 그 작품이 D가 평소 보여준 문체와도 눈에 띄게 다르다는 것이었다. '완벽한 변신이라면 바로 이런 것이다!' 싶을 만큼. 하지만 나는 그때까지 고수해온 원칙이 뿌리째 흔들리는 위기에 처했다. '어떤 순간에도 아이들을 믿어야 한다……' 나는 D를 의심하기 시작했다. 소설의 세 등장인물이 보이 그룹 S의 멤버들 이름이었고, 나는 D가 팬픽^{fan fiction}을 'ctrl+c' 했을 거라는 확증편향을 물리치지 못했다.

인터넷으로 팬픽을 살살이 검색해 읽다가 나는 보이 그룹 S의 팬이 될 지경이었는데, 마침내는 어려운 가입 테스트를 거쳐 S 팬픽 카페 회원 자격을 얻기에 이르렀다. 운영자의 의심을 피하기 위해 어린 조카의 허락을 받아 주민등록번호를 빌려 쓰는 편법까지 저질렀다. 팬픽 작가들의 작품들을 처음부터 끝까지 클릭해 읽고 나서야 나는 결심했다. D에게 솔직하게 물어보자. D가 제출한 소설은 어디에도 없었다.

D는 고맙게도 나의 의심을 이해해주었다. 내 입장을 최대한 설득력 있게 말하려고 노력하기도 했지만, 권위를 제거한 눈으로 바라보면 아이들은 어른들보다 훨씬 너그럽고 유연할 때가 많다. 여튼, D와의 대화 끝에 내린 결론은 'D를 믿는다'였다. 나의 부

당한 확증편향으로 D의 다른 글들에서 간간이 발견할 수 있었던 반짝임을 간과했고, 예고 문창과에서 쓰는 글과 팬픽은 전혀 다를 수 있다는 사실을 알지 못했다.

하지만 D를 믿게 된 결정적인 이유는 그게 아니었다. D는 보이 그룹 S의 골수팬이며 그들에게서 살아갈 힘을 얻고 있었다. 그들을 향한 '덕질'과 팬픽은 복잡한 가정사와 암울한 현실을 이겨내기 위한 방법이기도 했다. 대화를 하면서 마음속으로 울먹였던 것은 D가 아니라 나였다. 고통이여, 이 아이에게서 물러나라. 그 이후 나는 D에게 종종 웃으며 말했다. "D야, 널 지켜줄 무기는 글을 쓰는 거다. 그 사실 잊지 마." D는 "네" 하고 수줍어했다. 나는 D에게 필요한 건 백일장 수상을 위한 글보다 사랑하는 존재를 향한 덕후적 글쓰기일지 모른다고 생각했다. 쓰는 만큼 행복해지니까.

D와의 해프닝 이후 이런 생각을 해보았다. 특별히 홀릭되는 것이 있다면 마니아가 되어 종종 그에 대한 글을 써보면 어떨까. 행복의 기운이 뭉게뭉게 피어나 그때만큼은 생기가 돋을 테니까. D처럼. 그 정도로 좋아하는 게 없다면 하나쯤 만들어도 좋겠다. 나무, 종이와 연필, 와인, 햇빛, 노랑, 추리소설, 야구, 피규어, 고양

이, 걷기, 트로트, 재즈, 어느 배우나 가수, 딸이나 아들…… 그 무엇이든 상관없이 '최애'의 대상을 찾아 덕후적 글쓰기를 시작해보는 것이다. 일상의 에너지원이 되어줄 도구로서.

마음 쓰기 연습 ⑰

—— 당신에게 언제나 기쁨이며 즐거움이 되는 어떤 대상이 있나요? 생각이 나지 않는다면 한번 찾아보세요. '덕질'을 할 정도가 아니어도 괜찮습니다. 매력이 느껴지는 것에 관심을 기울이면 그쪽으로 좋아하는 마음이 점점 고여들 것입니다. 그것에 빠져들듯 사랑하는 마음을 담아 글을 써보세요. 조금 과장되더라도 상관없습니다. 쓰면서 생기가 돌고 힘이 난다면 오케이니까요.

리스타트!
하게 할 문장

'_____,

왜 이럴 때 있지 않은가. '영끌'하며 애쓰는데 그 결과가 억울할 정도라거나, 원하는 만큼 빛을 발하기엔 재능이 부족하다거나, 나름 최선을 다하고 있는데 지켜보던 시선들이 하나둘 거두어지는 것 같을 때. 이럴 땐 풀가동하던 뇌와 바삐 움직이던 심신이 태업을 요구하는 것처럼 의욕이 떨어진다. 차곡차곡 쌓이는 건 스트레스뿐, 내가 뭘 하고 있나 허무해지기도 한다.

나 역시 내면의 집이 그리 튼튼하지 못해 그런 상황들에 취약하다. 소박했던 기대가 사그라지는 걸 느끼면 금세 지치고, 포기의 카드를 조심조심 만지작거리기도 한다. 누구에게 도움을 청하는 법을 몰라 혼자 끙끙대다 몸이 아플 때도 있다. 쉽게 항복하지 않는 이유는 그러다 나를 자가 발전시킬 말들을 찾아내기 때문이 아닌가 싶다. 배터리 막대가 하나밖에 없는 상태에서 전원을 넣은 듯, 불볕더위로 기진맥진할 때 망고 스무디를 주입한 듯 새로운 에너지를 주는 문장이랄까. '주저앉은 상태도 나쁘지만은 않아. 좀 쉬다 보면 뭉근한 힘이 생겨 일어날 준비를 하게 되니까.' 'A가 안 되면 B로. 긃아버린 연필 버리고 새 연필을 깎자.' 이런 문장들을 쓰면 신기하게도 쭈글쭈글했던 기분이 펴지는 것 같다.

세계적인 보이 그룹 BTS 멤버 중 맏형인 진의 '자신에게 하는 말'도 좋은 예가 될 것 같다. 진은 아이돌로서는 상당히 늦은 나이인 스무 살에 길거리 캐스팅으로 연습생이 되었다. 노래와 춤에는 별 재능이 없는 상태에서 뛰어난 외모만으로 캐스팅된 진은 데뷔 초에 중압감이 상당했다. 재주꾼들인 여섯 멤버들과 달리 걸음마를 배우듯 모든 걸 처음부터 시작해야 했기 때문이다. 잠을 자면서도 연습하다 혼이 나는 꿈을 꾸며 "죄송합니다, 죄송합니다" 잠꼬대를 하고 노래를 불렀다니 스트레스가 얼마나 심했을지 짐작된다. 춤도 리듬을 타지 못하고 아무리 연습해도 동작을 겨우 따라 하는 정도라 '어색하진'이라는 별명이 붙을 정도였다.

하지만 진은 엄청난 압박감과 스트레스 속에서도 오히려 맏형으로서 분위기 메이커 역할을 하고 동생들을 알뜰살뜰 챙겼다. 그러면서 보이지 않는 곳에서 두세 배 연습에 매진하는 '피 땀 눈물'의 시간을 보냈고, 그렇게 몇 년이 지나 다른 멤버들로부터 '가장 많이 성장한 사람'이라는 평가를 받았다. 그가 태양처럼 밝은 면만을 가진 사람이라 가능한 일이었을까? 한결같이 유쾌한 모습으로 웃음을 주던 그가 한 멤버와의 진지한 대화에서 털어놓았던 속마음이 팬들의 가슴을 아프게 한 적이 있다. "항상 밝고 가볍고 이런 모습만 보여주지만 나도 굉장히 자주 우울해. 남들에게 밝은 모습 보여주려고 노력하고 있는 거야." 그런 그가 에너지 바를 입에 물고 사는 듯 파워 업 할 수 있게 한 것은 스스로에게 했던 말들이었다.

- 너의 수고는 너만 알면 돼!
- 하나를 참으면 두 개, 두 개를 참으면 네 개를 얻는다.
- 딱히 과하게 치장하지 않고 뭐든지 나한테 알맞게.
- (자신을) 너무 다그치기보다는 가끔씩 칭찬도 해주는 게 좋은 학습 방법인 것 같다. 힘내렴.

성장을 위해 언제나 스스로를 격려하는 진의 태도는 '배우고 싶다'는 생각을 갖게 한다. 최근 해야 할 일들이 수북이 쌓여 뒷

목이 뻣뻣했던 나는 한 문장을 뽑아내곤 마음이 편해졌다. '그냥 해보는 거지 뭐. 어쨌든 나는 하게 될 테니까.'

마음 쓰기 연습 ⑱

—— 어떤 일을 끝까지 해낼 수 있을지 확신이 생기지 않나요? 노력, 노오력을 해도 주변에서 알아주지 않아 자신감이 떨어지나요? 목표를 향해 열심히 달려가고 있지만 성과가 너무 보잘것없어 보이나요? 그런 당신이 파워 업 할 수 있는 문장을 만들어보세요. 한 문장도 좋고, 두 문장도 좋고, 그 이상도 좋습니다.

즉석 처방전이 쌓일 수첩
'우선멈춤'

　인생은 끝없이 숙제를 하면서 가야 할 고된 길이라는 생각이 들 때가 많다. 문제 하나를 해결하면 잠시 쉬는 걸 용납할 수 없다는 듯 또 다른 숙제가 나타난다. 결과가 좋을 땐 '다음 숙제? 얼마든지 할 수 있어' 객기를 부리기도 하지만 그런 경우는 어쩌다 한 번이다. 삶은 달콤할 때보다 인색하고 짤 때가 더 많다. 난관에 부딪쳐 해볼 만큼 다해보지만 별 성과가 나타나지 않으면 나침반 없이 사막 한가운데 혼자 서 있는 기분이 들기도 한다.

　지금 나의 아버지는 인간이 생의 마지막에 어떤 과정을 거쳐 죽음으로 가는지를 천천히, 고스란히 보여주고 있다. 그런 아버지에게 너무 늦게 애정이 폭발한 나는 유일하며 마지막 효도의 기회라 생각하고 서툴게나마 애를 쓰고 있다. 할 수 있는 일이 그리 많지는 않다. 일주일에 두 번 부모님 댁을 방문하고, 아버지가 열렬히 좋아하는 수제 햄버거를 매번 잊지 않고 사가고, 무료함을 달래줄 도구가 뭘까 궁리하고, 척추관협착증과 목디스크로 저린 팔과 손을 주물러드리고, 청력이 몹시 약해진 아버지와 목청 높여 대화하고, 스케치북에 문장을 써서 영상통화를 하고, 두 팔을 머리 위로 올려 '사랑해' 사인을 보내는 정도다.

하지만 '더 이상 무엇을 할 수 있을지 모르겠다'는 생각이 불시에 기습하곤 한다. 그럴 때마다 방패가 되어줄 문장을 꺼내든다. 이를테면 '어쨌든 지금 할 수 있는 일에만 집중!' 같은. 그러면 조금은 낙관적이 되어 빠져나가려던 힘이 다시 모인다. 실은 고생이란 고생은 엄마가 다 하고 있기에 내 고통쯤은 그런 문장만으로도 어느 정도는 덜어진다.

얼마 전부터 손바닥만 한 수첩을 가지고 다니기 시작했다. 어떤 이유로든 말할 수 없이 착잡할 때, 가시거리가 사라진 듯 막막할 때, 등이 굽도록 힘이 들 때, 잠시 멈춰서 응원 한마디를 적는 수첩이다. 그 수첩의 이름을 '우선멈춤'이라고 정했다. 겨우 한마디, 두 마디 정도지만 매번 효과가 있다. 유효기간이 지나면 다른 응원의 말을 만들어 적는다. 즉석 처방전이 쌓이고 있다.

마음 쓰기 연습 ⑲

—— 지금 당신을 힘들게 하는 일은 무엇인가요? 혹은 일상적으로 당신을 괴롭히는 문제는 무엇인가요? 그런 일로 성가신 당신에게 좋은 처방전이 될 문장을 만들어보세요. 그리고 매일 들고 다니는 다이어리나 메모수첩에 적어 하루에 세 번 꺼내 보기 바랍니다.

마음의 렌즈를
바꾸고 나서

'

,

아버지의 건강 상태가 급작스럽게 나빠져 요양시설을 알아봐야 할 상황이 되었을 때, 나는 비관과 절망이 한꺼번에 밀려와 견딜 수가 없었다. 아침이면 눈물을 닦아내던 휴지가 눈 주위에 말라붙어 그것을 떼어내며 또 울었다. 어쩌면 아버지의 인생 마지막 장이 고난으로 마무리되는 것보다, 요양시설에 가면 영원히 집으로 돌아오지 못한다는 아버지의 공포보다, 집에서 모실 때 엄마가 기약 없이 감당해야 할 고통보다, 아버지를 온전히 사랑해본 적 없이 이별을 할 수도 있다는 사실이 나를 당황스럽게 했던 것 같다.

요양시설은 없던 얘기로 하고 가족 각자가 힘을 모아보기로

한 뒤, 나는 마음의 렌즈를 바꿔 끼었다. 자기 최면이랄까. 아버지를 바라보며 내가 감각하는 것들을 뒤집어 읽기 시작했다.

- 오른쪽 팔다리가 저려 왼손으로 음식을 흘리며 식사를 하는 아버지를 보니 가슴이 아프다. → 아버지는 왼손으로 식사하는 기술이 점점 늘고 있다. 한쪽 손이라도 사용할 수 있어 다행이다.
- 보행기에 의지해 집 안을 힘들게 돌며 운동하는 아버지는 바윗덩이를 끝없이 산꼭대기로 밀어 올리는 프로메테우스 같다. 갈수록 속도도 느려지고 다리 상태도 나빠지고 있다. → 아버지는 이 핑계 저 핑계로 운동을 미루긴 하지만 결국 보행기를 잡고 일어선다. 의지가 있다는 얘기다.
- 청력이 약했던 아버지는 이제 웬만큼 목소리를 높이지 않고는 대화를 할 수가 없다. 전화는 아예 불가능하다. → 영화 〈러브 액추얼리〉를 벤치마킹해 종이에 글자를 써서 영상통화를 할 수 있으니 그게 어디야.
- 아버지가 왠지 시니컬해져 "안 먹는다", "필요 없다", "아니다" 등의 부정적인 단어를 많이 사용해 마음이 편치 않다. → 좋고 싫음을 분명히 나타내는 건 사람이 멍하지 않다는 뜻이다. 그리고 매일 그런 것도 아닌데 뭐.

마음의 렌즈를 바꿔 끼운 뒤부터 나는 다르게 보고 다르게 읽는 능력이 자라는 걸 느낀다. 그렇게 뒤집어 본 것들을 적어 놓은 노트는 훗날 아버지와의 한때를 엷은 미소로 회상할 수 있게 해줄 것이다.

엄마와 함께 아버지를 모시고 병원에 다녀온 어느 날, 아이가 된 아버지와의 하루를 담아두고 싶어 앤티크한 사진틀에 기념사진을 넣어두듯 찬찬히 글을 써내려갔다. 마지막 마침표를 찍고 나니 어려운 시간도 이슬이 내린 아침처럼 아름답게 느껴졌다. 뒷부분만 옮겨본다.

……

장국영 뺨치게 잘생기고 똑똑했으며 지나칠 만큼 당당했던 아버지는 이제 아내의 도움 없이는 살아갈 수 없는 의존형 노인이 되었다. 하지만 바퀴 달린 보행 보조기구나 휠체어, 누군가의 손을 빌리지 않으면 짧은 이동조차 할 수 없는데도 그 어느 시절보다 웃는 모습이 예쁘다. 귀여운 치매라 고맙다.

병원에서 돌아오는 길. 나는 휠체어를 밀고, 엄마는 내 옆에서 말동무가 되어주고, 귀가 잘 안 들리는 아버지는 이따금씩 큰 목소리로 말을 붙이면 아기처럼 웃었다. 소풍이라도 나온 듯 기분이 좋아 보이는 아버지……. 엄마와 나도 아버지의 기분 따라 그 길을 명랑하게 걸었다.

 하느님, 아버지가 엄마를 너무 많이 힘들게 하지 않는 상태로 지금처럼 귀엽게 지낼 수 있는 때가 지나면 고이 모셔가 주시길 기도드립니다.

마음 쓰기 연습 ⑳

── 당신 능력으로 어찌해볼 수 없는 일 때문에 자주 힘이 빠지거나 부정적인 생각이 드나요? 마음의 렌즈를 바꿔 끼워보세요. 그렇게 해서 이전과 달리 보이는 것들, 다르게 읽히는 것들을 하나씩 적어 나가 보세요.

내 곁에 있는 사물이 되어 '나'에게 말하기

'_____,'

가끔 방 안의 무엇인가 나를 지켜보고 있을지도 모른다는 생각이 들 때가 있다. 나와 스킨십이 잦은 물건일수록 더 그렇다. 이를테면 침대라든가 책상, 의자, 주방용품, 세탁기, 화분, 거울, 컴퓨터, 옷이나 가방, 모자, 신발 같은 것 말이다.

몇 년 전 맑은 하늘에 날벼락 같은 일을 당해 '멘붕'이 온 나머지 한동안 일상 폐업 모드로 지낸 적이 있었다. 당시 난 아무런 의욕도 없어 앉아 있는 시간보다 누워 있는 시간이 더 많았다. 하루는 침대에 엎드려 시트 냄새를 맡으며 이런 생각이 들었다. '나를 온전히 알아주는 건 이 침대일지도 모르겠다.' 그러고 보니 많은 날을 밤마다 붙어 있던 침대가 믿음직한 짝꿍처럼 여겨지기도 했다. 침대가 되어 짝꿍인 '나'에게 말을 하는 상상을 해보았다.

요즘 나는 너와 무척 더 가까워진 것 같아. 거의 모든 생활을 내 위에서 하고 있잖아. 심지어 너는 내 머리 쪽에 앉아 쟁반에 받쳐 온 라면을 먹다가 국물을 한두 방울 떨어뜨리기도 했지. 하지만 나는 네가 커다란 김치 조각을 떨어뜨렸다 해도 불평 한마디 안 했을 거야. 네가 지금 얼마나 힘든지 알고 있으니까. 너의 젖은 숨소리와 깊은 한숨은 이제 내 것인 듯 아리기도 해. 너에게 좀 더 포근한 내가 되면 좋겠다는 생각도 하지…….

그런 일을 당하고도 미치지 않았다면 넌 잘 버티고 있는 거야. 이 시간을 조금만 더 잘 지나가 봐. 내 위에서 꼬박꼬박 밥도 먹고, 커피도 내려 마시고, 음악도 듣고, 너의 좋은 친구들에게 전화해 푸념도 해 봐. 네 무게를 지탱하느라 내 다리가 삐거덕거려도 상관없으니까. 어느 날 마침내 네 몸에 생기가 고여 네가 두 팔로 기지개를 켜고 일어날 수만 있다면, 내 몸이 푹 꺼져 들어가도 난 기뻐할 수 있어. 지금은 기가 다 빠져 나에게 몸을 부리고 있지만 '그 일이 뭐였다고' 생각하게 될 거야. 나와 엎치락뒤치락 부대낀 시간을 아슴아슴 떠올리며 웃게 되길 바라…….

이렇게 대상화된 '나'에게 말을 걸어보니 팍팍했던 가슴에 고운 비가 내리는 것 같았다. 우리가 위로를 얻을 대상이 반드시 사람이어야만 하는 것은 아니다. 고개 떨어뜨린 내 얼굴을 기억하는 책상, 내가 시간을 죽이며 무의미한 클릭질을 하던 노트북 컴퓨터, 싫으나 좋으나 매일 식사를 하고 치우는 식탁, 무거운 마음을 털썩 앉혀놓는 소파……. 쉽게 털고 일어나지 못할 일로 힘이 들 때, 미친 척 내 곁의 사물이 되어 나를 이해해주고 다독여주는 글을 써보면 어떨까. 기대하지 못했던 위로를 얻을 수 있을지도 모른다. 사물을 의인화하는 상상력은 어린이만이 아닌 모든 사람의 것이다. 상상의 방식을 새롭게만 한다면.

마음 쓰기 연습 ㉑

—— 당신 가까이 있는 사물이 되어, 어떤 일로든 힘들어하는 당신을 상대로 공감과 위로, 조언의 글을 써보세요.

4장 내면

진짜 나를
이끌어내는 기억들

마음을 사고파는 마술가게

가슴 한복판에 겹겹 뭉친 괴로움 덩어리가 얹혀 있을 때 나는 몇 주 혹은 한 달 넘게 여행을 떠나곤 했다. 낯선 곳에서 먹고 자고 걷고 구경하고 현지인들과 여행자들을 만나고 다른 도시로 이동하는 고단한 여정 속에 괴로움은 한 조각 한 조각 떨어져 나갔다. 여행을 간다고 말하면 엄마가 꼭 해줬던 말이 있다. "가서 속에 있는 거 다 버리고 와." 모르는 척했지만 슬쩍슬쩍 딸의 상태를 읽고 있었던 것이다. 여행에서 돌아올 땐 '이 정도는 괜찮아' 싶을 만큼 괴로움 덩어리는 작아져 있었다. 엄마의 말 덕분이었을까?

나는 버려야 할 것들을 매일 메모 수첩에 꺼내놓고 돼지꼬리를 달아 폐기하는 연습을 했다. 그 내용은 사람 혹은 상황으로부터 강편치를 얻어맞은 후의 아픔일 때도 있었고, 불운의 철퇴가 입힌 상처일 때도 있었다. "맛 좀 봐" 하듯 나에게도 인생은 자주 만만치 않았다. 하여 갖가지 고난이 남기는 나쁜 감정들을 그때그때 정리하는 일은 평생 계속해야 할 숙제라고나 할까. 나는 한 가지 방법을 아주 오래전 특별한 상황극을 보며 찾은 적이 있다.

대학교 때 우리 학과의 대표 행사로 '사회극 socio-drama'이 있었다. 사회극은 개인의 치료를 목적으로 하는 '심리극 phyco-drama'과 유사한데, 집단 내 관계와 구성원들 간에 발생하는 문제들을 해결하기 위한 극을 말한다.

2학년 봄학기에 구성된 사회극 멤버는 열 명, 연출자는 한국에 사이코드라마를 처음 도입한 김유광 박사였다. 박사님의 지도하에 우리는 가을학기에 올릴 단 하루의 사회극 공연을 위해 6개월 가까이 트레이닝을 했다. 사이코드라마와 심리학 관련 서적을 복사해 열띤 스터디를 했고, 각자의 라이프 스토리와 고민을 나누면서 공통 주제를 찾아나갔다. 학교 소극장을 빌려 한 명씩 무대로 올라가 '독백'을 하며 눈물을 흘리기도 했던 순수의 스무 살, 스물한 살들이었다.

공연을 위해서는 심리극 기법을 공부하고 익혀야 했다. 국립서울정신병원으로 심리극을 보러 간 것도 그 때문이었다. 불 꺼진 캄캄한 극장, 조명이 켜졌을 때 작은 의자 하나만 덩그러니 놓여 있던 무대가 아직도 기억난다. 연출자는 객석을 채운 환자 중 한 사람을 초대해 그를 주인공으로 심리극을 이끌어갔다. 필요에 따라 보조자아(연기자)가 연출자의 지시대로 역할을 맡아 극을 도왔다. 세 명의 환자가 차례로 나왔고, 연출자는 환자가 말하는 내용에 따라 기법을 바꿔가며 극을 진행했다. 너무 오래전 일이라 잘 기억나지 않지만 심리극은 대략 이런 식으로 진행된다.

연출자가 무대로 올라온 환자를 의자에 앉히고 묻는다. "어떤 문제가 있어서 나오셨나요?" 환자는 조금 머뭇거리다가 대답한다. "아버지를 참을 수가 없어요. 그 사람은 폭군이에요. 형 생일에도 괜히 시비를 걸고 난리를 쳐서 생일이고 뭐고 엉망이 됐죠. 형은 방으로 들어가버리고 나는 화가 나서 아버지한테 대들다 싸대기를 맞았어요." 환자와 교감하는 리액션을 하며 귀 기울여 듣던 연출자는 보조자아를 불러 역할 놀이$^{\text{role playing}}$를 하도록 유도한다. "자, 형 생일에 아버지와 어떻게 다투었는지 한번 보여주실까요? 이분을 아버지라 생각하고 그날 일을 재연해보세요." 환자는 아버지 역할을 맡은 보조자아와 함께 즉흥 연기를 한다. 어느 정도 대화가 이어지면 연출자는 다른 지시를 한다. "자, 이번에는 두 분이 역할을 바꿔볼까요?" 이번엔 역할 바꾸기 role reversal 다. 환자는 아버지가 되고 보조자아는 아들이 되어 같은 상황을 연기한다……. 이렇게 연출자의 지시대로 역할극을 수행한 환자는 쉐어링(관객들과 마음을 나누는 단계)에서 자기 내면의 분노와 실망감을 알았고 아버지의 마음도 이해할 수 있게 되었다고 말한다. 관객들도 환자에게 공감과 격려의 말을 해준다.

사이코드라마 기법은 이 밖에도 거울에 비춰보듯 자신을 돌아보는 '거울 기법 mirroring', 미래의 상황을 연기해보는 '미래투사 기법 future protection', 의자에 문제의 그 사람이 앉아 있다 생각하고 얘기하는 '빈 의자 기법 empty chair' 등 다양하다. 그날 내가 흥미롭게 보았던 기법은 '마술가게 magic shop'였다.

보조자아가 무대에 나와 마술가게를 연다. 마술가게는 물론 눈에 보이지 않는다. 마술가게 주인이 된 보조자아는 관객에게 가게에 무엇이 진열돼 있는지 설명해준다. 한쪽엔 행복, 건강, 희망, 즐거움, 아름다움, 고결함, 자신감, 평화, 분별력, 용서, 이해……, 왼쪽엔 아픔, 상처, 외로움, 불안, 고통, 혐오, 분노, 두려움, 공포…… 등이 진열돼 있다. 마술가게에 찾아온 손님은 주인의 도움을 받아 자신을 괴롭히는 부정적인 감정이나 정서를 꺼내 놓고, 꼭 갖고 싶은 긍정적인 감정이나 정서를 사간다. 마음을 교환하기 전 여러 가지 기법으로 심리극이 진행된다.

마술가게 주인에게 버리고 싶은 마음을 얘기한 환자는 눈을 감고 그 마음에 대해 생각한다. 연출자가 무대에 올라 환자의 눈을 뜨게 한 뒤 심리극을 진행한다. 연출자는 즉흥적으로 상황을 연출하고 그에 맞는 기법을 사용한다. 심리극이 끝나면 연출자는 환자의 눈을 감게 하고 마술가게 주인을 등장시킨다. 환자는 버리고 싶은 마음을 마술가게 주인에게 꺼내 주고, 가지고 싶은 마음을 가슴 한복판에 넣어 간다.

'마술가게'란 이름은 눈에 보이지 않는 마음을 사고팔 수 있어 붙여졌겠지만, 나에겐 서로 다른 마음을 교환하고 난 후 나타나는 변화가 진짜 마술 같았다. 마술가게를 다녀간 환자를 연출자가 다시 무대로 불러 마음이 어떻게 달라졌는지 물을 때 환자가 보여주는 모습이었다. 이를테면 이런 식이다. 엄마에게 복종하는 걸 당연시하며 살아온 환자가 그 극의 주인공이었다고 하자. 그녀는 한결 편안해진 표정으로 말한다. "나는 엄마의 생각을 내 생각인 줄 착각하고 살았어요. 엄마가 권하는 단정한 옷을 내가 좋아하는 옷으로 알았고, 엄마가 나한테 딱 맞는 직업이 교사라고 할 때 조금도 의심하지 않았고, 처음 사귄 남자친구를 만나지 말라고 할 때 엄마의 말을 따르는 게 옳다고 믿었어요. 하지만 그건 모두 엄마의 생각이었지 내 생각은 아니었죠……. 내 생각을 찾고 싶어요." 물론 마술가게 한 번 다녀왔다고 문제가 다 해결되지는 않을 것이다. 하지만 무엇을 버리고 무엇을 가져야 할지를 알았다는 사실, 가장 중요한 것은 그런 자각이 아닐까.

지속적으로 자신을 짓누르는 감정 덩어리가 있을 때, 1인 심리극의 주인공이 되어 글로써 그것을 꺼내보아도 좋을 것이다. '시간이 약'이라며 버티는 것보다 열 배는 빨리 그 감정을 털어버릴 수 있으니까.

마음 쓰기 연습 ㉒

—— 모든 종류의 마음을 사고파는 마술가게가 있다면, 당신은 어떤 마음을 내주고 또 어떤 마음을 사가고 싶은가요? 그 이유는 무엇인가요? 눈에 보이지 않는 마술가게를 상상하며 글로 써보세요.

마음속
고통 상자 열기

'
,

    그리스 신화의 '판도라의 상자' 이야기는 대부분 기억하고 있을 것이다. 에피메테우스가 판도라에게 한눈에 반해 그녀를 아내로 맞이하자, 제우스는 결혼 선물로 상자를 하나 준다. 그러면서 "이 상자를 안전한 곳에 고이 모셔둬라. 하지만 어떤 일이 있어도 절대 열어봐서는 안 된다"고 한다. 신화에서는 늘 주인공이 스스로 화를 부르게 된다는 것을 고지하듯 하나 마나 한 금지의 경고를 덧붙인다. 예상대로 판도라는 상자 속에 뭐가 들었는지 너무 궁금해 참지 못하고 그것을 열고야 만다. 그러자 호기심이 부른 참극처럼 상자 속에서 온갖 끔찍한 것들이 튀어나온다. 증오, 질투, 가난, 고통, 잔인함, 질병, 분노 등등 불행의 씨앗들이었다. 판도라가 화들짝 놀라 얼른 뚜껑을 닫았는데, 상자 안에는 딱 한 가지가 남아 있었다. 그것은 희망이었다.

우리 마음속에도 판도라의 상자처럼 부정적이고 고통스러운 감정을 담은 상자가 있다. 꺼내기 싫어서, 외면하고 싶어서 감춰둔 기억들, 사건들, 그로 인한 상처와 손상된 감정들……. 그리스 신화에서는 판도라의 상자를 열 권리가 제우스에게 있었지만, 우리 마음속 고통의 상자를 열 권리는 우리 자신에게 있다.

'내 마음속 고통 상자 열기'의 효과를 실감했던 것은 문화센터 강좌에서였다. 지난가을 '마음 글쓰기'라는 이름의 강좌를 진행할 기회가 있었는데, 단 6회의 강의를 통해 가장 큰 소득을 챙긴 것은 수강생들이 아니라 나였다. 자신을 이해하고, 내면을 드러내고, 자기표현을 하고, 고통을 치유하는 데 글쓰기가 얼마나 훌륭한 도구가 되는지를 확인했기 때문이다.

코로나19로 인한 랜선 강의로 소통에 제약이 있었지만, 수강생들은 회를 거듭하면서 마음속 고통의 상자를 열고 자신을 드러내기 시작했다. '내 마음아, 괜찮니?', '어린 시절 상처의 조각들', '아무에게도 하지 못한 말이 있는데' 등의 제목으로 써낸 솔직하고 진솔하고 섬세한 글들을 보며 진심으로 공감했고, 마음 깊은 곳의 이야기를 꺼내 보인 용기에 칭찬과 격려의 피드백을 하지 않을 수 없었다. 나는 몇 번이나 말했다. "여러분의 글이 저에게도 위로를 주네요."

해결되지 않은 트라우마가 일상적으로 마음을 할퀴곤 한다면, 부끄러움과 수치를 느꼈던 일이 가끔 고개를 들고 괴롭힌다면, 상처 입은 마음이 회복되지 않고 있다면, 자존심이 상해 누구에게도 말하지 못한 일이 속을 뒤집곤 한다면, 마음속 고통의 상자를 열고 짓눌리거나 찌그러져 있던 감정들을 하나씩 끄집어내 볼 일이다. 그리고 그것에 대해 고백하듯 글을 써 볼 일이다. 상자 맨 밑바닥에 있는 희망을 만나기 위해서.

마음 쓰기 연습 ㉓

—— 당신 마음이 정말 아팠던 때, 수치심이나 자책이 생겼던 때를 떠올려보세요. 최근의 일이어도 좋고 오래된 일이어도 상관없습니다. 그때의 일을 생각하며 '내 마음아, 괜찮니?'라는 제목의 글을 써보세요. 단, 반드시 포함해야 할 내용이 있습니다. 그 일을 겪었던 당신 자신에게 공감과 위로, 격려의 말을 해주세요.

"네 잘못이 아니야"

내면의 상처와 치유를 다룬 최고의 영화를 꼽는다면 〈굿 윌 헌팅〉을 빼놓을 수 없을 것이다. 천재적인 두뇌를 가졌지만 어린 시절 양아버지의 무자비한 폭력으로 상처를 입고 세상에 마음을 열지 못하는 반항아 윌. 어느 날 MIT 수학과 교수 램보가 청소부로 일하던 윌의 천재성을 알아보고 그를 친구인 심리학과 교수 숀에게 보내 상담을 부탁한다. 자신의 깊은 상처를 감추고 오만과 반항으로 일관하던 윌은 숀과의 만남을 계속하며 미세한 변화를 보이기 시작한다. 상담자가 아니라 진실한 인간으로서 자신의 상처를 드러내 보여주는 숀의 '자기 개방'은 윌이 속마음을 털어놓는 결정적인 계기가 된다. 숀은 진심이 가득한 모습으로 윌에게 말한다. 자신을 열어 보여야 한다고. 몇 번을 보아도 눈물을 주체할 수 없는 최고의 장면을 옮겨본다.

숀: 윌, 나도 아는 게 많지 않지만 이 기록들, 다 헛소리야. …… 네 잘못이 아니야.

윌: 네, 알아요.

숀: 나를 봐. 네 잘못이 아니야.

윌: 알아요.

숀: 네 잘못이 아니야.

윌: 안다니까요.

숀: 아니, 넌 몰라. 네 잘못이 아니야. 음?

윌: 알아요.

숀: 네 잘못이 아니야.

윌: 알겠다고요.

숀: 네 잘못이 아니야.

윌: …….

숀: 네 잘못이 아니야.

윌: 이러지 말아요.

숀: 네 잘못이 아니야.

윌: 선생님까지 성질나게 하지 말라고요.

숀: 네 잘못이 아니야.

윌: ……

숀: 네 잘못이 아니라고.

윌: 맙소사! 정말 죄송해요.

숀을 끌어안고 폭풍 오열하는 윌과 함께 눈물을 훔친 것은 나 뿐만이 아니었을 것이다. "네 잘못이 아니야"라는 말이 가슴을 후벼파 조용히 흐느낀 사람도 적지 않았을 것이다. 치명적이든 사소한 것이든 어린 시절의 상처는 누구나 하나쯤 가지고 있을 테니까.

어릴 적 경험한 부정적인 정서는 그대로 무의식으로 흘러들어 뿌리를 내리고 긴 세월 한 개인의 내면세계를 지배한다. 자신에게 불리한 것들을 구분하거나 걸러내지 못하고 모든 걸 스펀지처럼 빨아들이는 시기이기 때문이다. 특히 압도적인 공포와 상처를 치유하지 못한 채 성인이 되면 우울증이나 대인기피증, 강박증 등 정신적 장애의 원인이 되기도 한다. 어릴 때 성추행을 당했던 사람은 어른이 되어 이성과의 스킨십에 심한 거부감을 느낄 수 있고, 가정폭력을 경험한 아이는 습관적으로 자기 비하를 하거나 타인의 잘못까지 자기 탓으로 돌리는 어른으로 자랄 수 있다.

영화 〈굿 윌 헌팅〉의 윌은 그래도 운 좋게 최고의 선생님을 만나, 상처받은 내면 아이가 자기 안에 웅크리고 있다는 사실을 알아차릴 수 있었다. 그리고 굳게 잠가놓았던 마음의 문을 열고 자신의 이야기를 하게 되었다. 치유로 가는 길이었다.

전문 지식이 없다면 무의식에 내면아이가 있는지 알아채기는 쉽지 않다. 하지만 자신을 괴롭히고 어렵게 만드는 감정들을 세심히 관찰해보면 내면아이의 그림자를 눈치 챌 만한 행동의 패턴이 보일 수 있다. 다음 몇 가지 예를 보고 '나도 혹시?' 아니면 '그 사람이 혹시?' 하고 동그랗게 눈을 뜰 사람이 있을지도 모르겠다.

- **남들이 납득하지 못하는 죄책감에 빠져 괴로워한다.** 이런 경우 어릴 때 부모나 영향력이 있는 어른으로부터 일상적인 비난을 받지는 않았는지, 감당할 수 없는 일에 책임감을 느끼도록 강요받으며 자라지는 않았는지 생각해볼 일이다.
- **상대의 말과 행동에 어떤 의도가 숨어 있는지를 생각하며 예민해지곤 한다.** 이런 사람은 어린 시절 부모나 타인에 대해 심각한 불신을 경험한 적이 있을지 모른다. 그런 경우 '사람들을 믿어선 안 돼'라는 신념이 내면화된다. 이것은 불행히도 사람들과 속 깊이 사귀지 못하게 하는 이유가 된다.

- 그러고 싶지 않은데 갑자기 버럭 화를 내게 된다. 이런 사람은 자신의 간절한 욕구를 충족하지 못했거나 절망적인 상황에 놓였던 오래 전의 시간에 붙들려 있을 수 있다.
- 사람들이 자신을 떠날까봐 늘 조바심을 친다. 어릴 적 불행한 경험 때문에 사람들이 진실하다는 믿음을 가질 수 없게 된 경우가 많다. 이런 사람은 버려지기보다는 혼자가 되는 쪽을 택한다. 상처받지 않기 위한 자기방어다.

자신에게서 내면아이의 그림자를 발견한다면 얼른 그 아이를 불러내야 한다. 그리고 설명해주어야 한다. '그건 네 잘못이 아니야. 왜냐하면……' 그것은 마음속 깊은 곳에 숨어 있던 진정한 자기 자신을 표현하는 것으로부터 시작될 수 있다. 그렇게 내면아이를 받아들이고 존중해주는 과정 속에 언젠가 평화지대에 도달하는 순간을 맞게 될 것이다.

마음 쓰기 연습 ㉔

—— 스스로도 납득하기 어렵거나 실제 상황에 비해 과할 정도의 불안, 두려움, 분노, 슬픔, 공포를 표출하곤 하나요? 그렇다면 내 안에

웅크리고 있는 상처받은 내면 아이를 찾아보세요. 어릴 적 두렵거나 공포스러웠던 일, 상처가 되었던 일을 떠올려봅니다(큰 사건이 아니어도 좋습니다). 그리고 두려움과 공포에 떠는 어린 나의 이야기를 해보세요. 그런 다음 내 안의 어린 내가 안심할 수 있도록 '네 잘못이 아니야'라며 다독이는 글을 써보세요.

마음이
장대높이뛰기를 하듯!

'
_____
_____
_____
_____
_____,

어릴 적 나는 엄마와 떨어져 있는 걸 지나치게 두려워하는 분리불안을 가진 아이였다. 때문에 일가친척 모든 아이가 시골 외가에 모여 갖가지 신나는 체험을 하는 방학 때가 되면 혼자 엄마 곁에 남아 따분한 시간을 보내야 했다. 시골까지 오빠, 동생을 데려다주는 엄마를 따라갈 땐 '나도 사촌들과 재미난 방학을 보내야지' 단단히 마음먹어도, 엄마가 서울로 돌아갈 땐 참고 참았던 울음을 터뜨려 구박을 받으면서 엄마 치맛자락에 매달려 따라갔다. 가까스로 마음을 다잡아 시골에 남아도 무거운 어둠에 갇힌 것만 같아 오빠, 동생, 사촌들처럼 만판 놀지 못했다.

그랬던 내가 어떤 과정도 없이 단번에 엄마의 치맛자락을 놓은 것은 열두 살, 맹장 수술을 했을 때였다. 수술 후 며칠 입원을 해야 했는데, 엄마가 저녁에 집으로 가야 한다고 하자 배의 통증도 잊을 만큼의 공포가 엄습했다. "안 가면 안 돼?" 울먹울먹하자 엄마는 단호히 안 된다고 했다. 더 이상 칭얼거려서는 안 될 것처럼 엄마의 표정은 차갑고 딱딱했다. 집에 내버려 두고 온 일들과 돌보아야 할 다른 두 아이가 있으니 가지 말라는 내 말에 속이 상했을 것이다. 엄마가 병실을 나가고 나는 패닉 상태가 되었다. 엄마가 없다는 사실 때문이 아니라 엄마가 나를 두고 가버릴 수도 있다는 사실 때문이었다. 하지만 그 시간은 열두 살의 내가 한 가지 엄청난 과업을 이뤄낸 결정적인 순간이기도 했다.

그 이후 나는 엄마에게 달라붙어 있으려고 안달하지 않았다. 문제없이 엄마와 떨어질 수 있게 되어서가 아니었다. '힘들어도 독립적인 아이가 되어야 한다, 엄마는 나만의 엄마가 아니다'라는 뼈아픈 자각 때문이었다. 그리고 세월이 흘러 물리적으로 독립생활을 하게 되었고 종종 혼자 배낭여행을 떠나는 어른이 되었다. 주변 사람들은 내가 마음 내키면 배낭 챙겨 훌쩍 여행을 가는 자유로운 영혼이라고 생각하지만, 실은 혼자 하는 여행마다 매번 용기를 내야 하고 낯선 곳에 도착해 적어도 하루 이틀은 긴장과 두려움을 이겨낼 시간이 필요하다.

어린 시절의 분리불안이 어디에서 왔는지, 나는 최근에야 알게 되었다. 내가 네 살 때쯤 가세가 기울어 한동안 엄마가 밖에 나가 일을 해야 했다고 한다. 엄마는 오빠와 나에게 신신당부했다. "누가 와서 문을 열라고 하면 절대로 열어주지 마." 잠깐만 놀다 오겠다고 하고 오빠가 나가 있는 동안 나는 혼자 집을 지켜야 했다. 우리 집에 볼 일이 있어 왔던 사람들은 내가 '절대로' 문을 열어주지 않아 그냥 돌아가야 했다. 현대판 〈해님 달님〉이라고 해도 좋을 이야기. 기억엔 없지만 그 시간은 어린 나에게 두려움과 공포의 시간이었을 것이다. 그때의 트라우마가 분리불안으로 남아 나는 엄마와 떨어지지 않으려 발버둥을 했던 게 아닐까.

분리불안의 기원을 알고 나서 나는 나 자신이 자랑스럽고 기특했다. 그로부터 8년이 지나서였지만 아직은 열두 살 어린이였을 때 그 장애를 단번에 극복했으니까. 어떤 심리 장애는 서서히 치유되는 과정 없이 결정적인 순간에 장대높이뛰기를 하듯 높이 도약해 뛰어넘을 수도 있는 것인가 보다. 그리고 상상하지 못했던 충격이 독한 의지를 갖게 할 수도 있는 것인가 보다. 인간의 무의식에 매장된 잠재능력과 가능성은 무궁무진한지도 모른다.

마음 쓰기 연습 ㉕

── 심각하거나 다소 성가셨던 어린 시절의 심리적 장애를 어느 순간 이겨낸 경험이 있나요? 그때의 이야기를 쓰고 극복의 주인공인 당신 자신을 칭찬해보세요.

── 어떤 대상에 대한 불안이나 두려움 등 당신이 가진 심리적 장애가 어디에서 시작됐는지 이제야 알았다면, 그때의 어린 '나'가 되어 당차게 그 장애를 뛰어넘겠다는 의지를 글로 써보세요.

5장 수용

그게 나지만
내 탓이 아니라면

'그게 나야'가 주는 힘

　사회생활을 하다가 30대 중반에 소설을 써보겠다며 예술대학 문예창작과에 입학한 나는 2년 동안 지독하게 화려한 얼룩을 남기고 해방을 맞듯 졸업했다. 입학 초기, 늦깎이로 문학의 길에 들어선 여학생들 모임에 들지 않은 게 화근일지도 몰랐다. 공감할 만한 취지도 목적도 없이 단순히 나이와 성별을 기준으로 모임을 만들다니? 그중 누군가 가입 의사를 물을 때 나는 별 고민 없이 사양했다. 그리고 지식 몇 조각 더 많다는 이유로 '누나' 혹은 '언니' 하며 나를 좋아해주는 어린 학생들과 어울렸다.

　첫 학기 봄이 다 지나기도 전에 소문이 생기기 시작했다. 늦깎이 여성 작가 지망생들 모임의 한 친구가 어느 날 전화로 귀띔을 해주었다. "A라는 여자를 조심하세요. 이상한 이야기를 하고 다녀요." 그 A라는 여자가 했다는 이상한 이야기에 나는 헛웃음을 터뜨리고 말았다. 내가 당시 잘 어울리던 어린 남학생과 모텔에서 나오는 걸 봤다는 것이다. 새빨간 거짓말이었다. "어느 모텔이래요?" 깔깔 웃고는 다른 얘기를 하다가 통화를 끝냈다. 조금도 화가 나지 않았다. 웃음이 나올 만큼 수준 이하의 모략이었으니까.

하지만 근거 없는 소문은 점점 더 악의를 품은 것으로 진화했다. 명백한 명예훼손에 해당하는 이야기들은 내부고발자에 의해 전해 들었다. 그들 중엔 수업 시간에까지 적개심을 숨기지 못해, 창작소설 합평 시간에 내 소설 속 인물에 대해서조차 납득할 수 없는 분노를 드러내는 친구도 있었다. 학교가 지옥 같아졌고 마음이 병드는 것 같았다.

어느 수업 시간, 고통의 결정체처럼 책상 위로 눈물이 뚝뚝 떨어졌다. 나는 몇 번이나 휴지를 꺼내 눈을 꾹꾹 눌러대야 했다. 주변의 학생들은 그런 나를 볼 수도 있었지만 속수무책이었다. 수업이 끝나고, 그즈음 함께 다니던 친구가 나에게 말했다. "나라면 그렇게 하지 않았을 것 같아." 내 모습이 바보 같았다는 말이었다. 나는 집에 가 어둑해지는 방을 지키고 앉아 있다가 그 친구에게 세 개의 문장을 보냈다.

그게 나야.
악감정 하나로 거짓말 풍문 공격을 하는 그들보단 그런 내가 나아.
그들이 입으로 삼류 소설을 쓸 때 나는 손가락으로 진짜 소설을 쓰고 있어.

나는 순식간에 마음이 편안해졌다. 무엇보다 '그게 나야'라는 말이 그렇게 당당하게 느껴질 수 없었다. 나는 그 악당들에게 '내가 언제 그랬냐'며 따지거나 분노하고 싶지 않았다. 악의를 가진 그들과 상대하며 에너지를 낭비한 후 내가 얻을 게 무엇이겠는가. 부당한 권력에 저항하며 광장에 나가 백번의 촛불을 드는 것과는 달랐다. 그저 지저분한 싸움이 될 뿐. 나의 문자 메시지를 받은 친구는 웃음을 보내왔다. 'ㅎㅎㅎ...'

'그게 나야.' 이 말이 '바보처럼 내가 왜 그랬을까'라고 느껴질 때 강력한 영양제가 될 수도 있다는 사실을 그때 알았다. 세 개의 문장 뒤에 덧붙이고 싶은 문장들은 마음속으로만 뇌까렸다.
'나는 누군가를 이유도 없이 해하려는 의도는 갖지 않는 사람이야.'

'적어도 나는 스스로를 망가뜨리면서까지 마음에 들지 않는 이를 찍어 누르는 사람은 아니야.'

나는 절대로 창피하지 않았다.

사실 나는 전혀 무기력했던 건 아니다. 처음 음해를 시작했던 A는 학교에서 오가다 마주칠 때 똑바로 쳐다보는 내 눈길을 화들짝 놀라며 피하곤 했다. 잘못을 저지른 자의 태도였다. A는 유명한 작사가라고 했다. 그러면 뭐하겠는가. 자신이 쓴 아름다운 가사처럼 살지 못하는 것을. 시간이 흘러 어느 장소에서 우연히 만난 한 공모자는 나에게 말했다. 미안하다고. "그럴 수도 있지" 하고 넘어갔지만 솔직한 심정까지 드러내진 않았다. 그렇게 미안해할 일은 하지 말았어야지.

마음 쓰기 연습 ㉖

—— 최근 당신이 했던 말이나 행동에 잘못이 없었는데도 부끄러웠거나 자존심이 상했거나 후회스러웠던 일이 있었나요? 그렇다면 그 순간을 떠올리고,

1. "그게 나야"라고 당당히 말하듯 큼직한 글자로 써보세요. '그게 나야.'
2. 그랬던 당신의 모습을 있는 그대로 받아들이며 스스로를 응원하는 문장을 2~3개 써보세요.

내 몸 콤플렉스, 그게 뭐라고

내가 부러워하는 사람들에는 몇 가지 유형이 있다. 그중 한 가지 유형은 신체적 콤플렉스가 될 만한 부분에 당당한 사람들이다. 어느 작가의 출판기념 모임에서 저자의 동생이 사람들의 눈길을 끌었던 적이 있다. 상당히 짧은 미니스커트를 입고 왔는데, 일반적인 통념에 의한 미의 기준에서 보자면 긴 스커트나 바지로 가릴 법한 다리였다. 하지만 조금도 보기 싫지 않았다. 타인의 시선을 전혀 의식하지 않고 그날의 도우미 역할에만 집중하는 모습은 '단지 취향대로 입고 싶은 옷을 입었음'을 알기에 충분했다. '나도 미니스커트 입을 수 있어' 하는 의도조차 엿보이지 않았다. 평범한 티셔츠를 입는 것만큼이나 별일이 아닌 것이다. 그래선지 그 다리가 진심으로 예뻐 보이기까지 했다.

평소 많이 아끼던 한 아이가 말했다. "저는 발가락이 다른 사람들이랑 좀 달라요. 두 번째 발가락이 아주 길거든요. 신기하죠." 두 번째 발가락이 길어서 밉다거나 속상하다는 생각은 그 애의 머릿속엔 없는 것 같았다. 비현실적으로 큰 눈이나 놀라울 만큼 긴 팔다리가 남들의 그것과 달라 보이는 것처럼, 이 아이에겐 자신의 긴 발가락이 그저 다른 사람의 발가락과는 다른 모양으로 보였을 뿐이다. 큰 키에 청바지와 운동화를 즐겨 입고 신는 터라 그 애의 발가락을 볼 일은 없었지만, 여름 해수욕장엘 간다면 그 애는 아무렇지 않게 슬리퍼나 샌들 혹은 맨발로 해변을 활보할 것 같다.

이 두 친구와 달리, 별것 아닌 단점이 심각한 콤플렉스가 되어 인생을 지배하는 경우도 있다. 조금 어두운 피부 톤을 숨기려 아이를 낳은 날까지 화장을 해 주변을 놀라게 했다는 어느 여성, 대머리의 조짐이 보이는 머리를 결혼 후에까지 가발로 숨기다가 어느 날 방심하여 들통이 났다는 어느 남성의 이야기를 듣고 할 말을 잃었던 적이 있다. 그 여성이 며칠만 맨얼굴로 외출을 했다면 누구도 자기 얼굴에 신경 쓰지 않는다는 걸 알았을 것이다. 그 남성이 처음부터 M자를 그리기 시작한 머리를 보여주었다면 그의 아내가 충격을 받는 일은 없었을 것이다. 신체적 콤플렉스로부터 해방되는 유일한 길은 숨기는 게 아니라 당당하게 보여주는 것이다. 그렇게 마음먹고 두세 번만 시도해보면 '그게 뭐 대수라고' 가슴이 후련해지는 순간이 올 것이다.

마음 쓰기 연습 ㉗

── 당신에게 신체적 콤플렉스가 있다면 어디인가요? 그 콤플렉스로부터 당신을 자유롭고 당당하게 만들어줄 사이다 같은 문장을 만들어보세요. 예를 들어 다음과 같이 써볼 수 있습니다

- '어두운 피부 톤? 나에겐 그걸 잊게 만드는 함박웃음이 있잖아.'
- 'M자 조짐? 내 머리보다 내가 더 빛나면 되지.'

허물어지는 마음을 일으켜 세워주는 'Love myself' 쓰기

대부분 사고는 뜻하지 않은 순간 발생한다. 돌부리 하나 없는 평평한 길을 마음 놓고 걷다가 된통 고꾸라지는 것처럼. 일어나 보면 상처투성이에 주변에는 붙잡을 만한 그 무엇도 보이지 않는다. 아픔과 두려움과 불안이 한꺼번에 밀려오고, '난 왜 그렇게 바보 같았을까?' 스스로를 참을 수가 없다. 자괴감이 밀려오고 자존감이 바닥을 친다.

2년 반 전 나는 딱 그런 상황에 처해 있었다. 나에겐 평생 일어나지 않을 줄 알았던 큰 사고를 당해 패닉에 빠진 것이다. 아니, 차라리 패닉 상태는 비현실적이어서 오히려 감당할 만했다. 악몽을 꾸고 있다고만 생각했으니까. 하지만 점차 현실감이 느껴지면서 수시로 멘탈이 무너져 내리는 공포에 사로잡혔다. 그럴 때마다 정신을 차려야 한다고 두 주먹을 꼭 쥐었지만 나를 지켜내기가 쉽지 않았다. 가장 견디기 힘든 것은 바닥으로 추락한 자존감과 형편없이 쪼그라든 자신감이었다. 부끄러운 고백이지만 그때 나는 가장 아름답게 죽는 방법을 궁리하기도 했다.

그런 나를 절반 구해준 것은 어느 날 내 귓바퀴를 통해 가슴속 깊이 생명수처럼 흘러들어온 노랫말들이었다. '좀 부족해도 소중하게 빛나는 나, 아름다운 나임을 이제야 깨닫게 되었다'는 내용의 가사에 빠져들어 매일 수십 번을 반복해 들었다. BTS 진의 솔로 곡〈Epiphany〉. 내가 보이그룹의 노래 가사에 뜨거운 눈물을 흘리리라곤 상상도 하지 못했지만 어쨌거나 그런 일이 일어났고, 나는 그 노래를 수없이 들으며 마음을 조심조심 단련시켰다. 온전히 나에게 집중하고, 누구보다 나를 잘 대접하기.

한없이 초라해져 저 멀리 내동댕이쳐졌던 자아는 조금씩 중심을 되찾기 시작했다. 새로운 에너지를 주입해준 가장 강력한 주문은 'Love myself'. 건강하게 나 자신을 지키고 보듬어나갈 수 있게 한 소중한 한마디였다. 나는 의식적으로 셀프 칭찬의 말을 노트에 적곤 했다.

- 오늘, 브라운 계열로 차려입고 외출하는 내 모습이 마음에 들었다.
- 문득문득 우울 증세가 나타나는 날들, 그러나 조금씩이지만 다시 일을 하고 있는 나는 얼마나 대단한가.
- 나를 위한 새해 선물: 미술 패널 캔버스 두 개와 색연필 세트. 잘했다! 주말에 그림 그리기.
- 아파트 경비 아저씨에게 인사했더니 해주시는 말씀. "웃는 얼굴이에요!" 웃는 표정을 지으려 애쓴 보람이 나타났다.
- 마치 엄마처럼 나를 위해 먹을 것을 챙겨주는 친구 H, 이런 보물을 열아홉 살에 알아보고 친구로 선택했던 내가 자랑스럽다.

'Love myself'로 반짝이는 순간들은 허물어지는 마음에 씨줄 날줄의 촘촘한 텍스처가 되어주었다. 희망적인 변화는 이처럼 놀랍도록 사소한 것으로부터 시작되기도 한다. 멋지지 아니한가!

마음 쓰기 연습 ㉘

—— 당신의 어깨를 펴게 하는 'Love myself'의 말들을 다섯 가지 써보세요.

자기 탓만 하던 C가
달라졌다

지인 C와 한때 자주 통화를 한 적이 있다. C에게 반갑지 않은 일이 연속해 일어나던 때였다. 주된 이야기는 자신에게 왜 그런 일들이 생기는지, 사람들은 왜 자신에게 부당한 고통을 주는지 알 수 없다는 식의 토로였다. C에게 왜 안 좋은 일들만 생기는지는 누구도 알 수 없는 영역의 것이고, 타인에게 악의를 갖지 못하는 그의 순한 성품을 생각하면 운이 없게도 거친 기질을 서슴없이 휘두르는 이들과 접촉할 일이 잦았던 것 같다. 강한 자에겐 비굴하고 약한 자에겐 사나운 인간은 어디에나 있기 마련이니까.

C의 이야기가 지겹거나 힘들지는 않았다. 그가 겪는 상황에 공감하기도 했지만, 언젠가 나에게 어려운 일이 있었을 때 지치지

않고 내 이야기를 경청해준 사람 중 하나가 C였기 때문이다. 그런데 C의 하소연이 계속되면서 '왜'가 하나의 결론 같은 문장을 낳고 있었다. '내가 우스워 보이나 봐.' 이야기는 언제나 그렇게 마무리되곤 했다. 시니컬한 남 탓이 아니라 자조적인 자기 탓이었다.

나는 그 생각을 바꿔주고 싶었다. 우스운 사람은 이유도 모른 채 당하는 자가 아니라 부당하게 가해하는 자다, 적어도 당신은 악의를 품고 남에게 해를 주는 사람은 아니다, 타인을 상처 냄으로써 존재감을 느끼는 것이야말로 우습고 무가치한 태도다, 그러므로 우스운 사람은 당신이 아니라 그들이다……. 꼬박꼬박 "그렇게 말해줘서 고맙다"고 하던 C는 어느 시점이 되자 다른 문장을 낳았다. '날 좋아해주는 사람들하고 잘 지내면 되지.' 표현은 조금씩 달랐지만 핵심은 그랬다. 내가 해준 말 때문이라고 할 수는 없었지만 C가 자기규정의 족쇄를 푼 것 같아 마음이 좀 놓였다.

C는 여전히 성정이 '센' 사람들의 독한 말에 상처를 잘 입는다. 하지만 '왜'로 시작해 자조적 결론으로 향하지는 않는다. 자신이 해야 할 일에 집중하려 한다. 마음의 방향을 바꾸려는 시도가 언제나 긍정적인 결과를 가져오는 것은 아니다. 그렇다고 마음이

시달리는 대로 내버려 둔다면 '자조[自嘲]'라는 몹쓸 습관이 몸에 밸 수 있다. 자조에 익숙해지지 않으려면 자기규정의 족쇄를 푸는 문장, 자신을 지켜낼 문장이 필요하다.

마음 쓰기 연습 ㉙

── 당신을 스스로 고통스럽게 하거나 아프게 하는 말은 무엇인가요? 그 말을 종이에 적어보세요. 그런 다음 자신을 지켜줄, 그에 맞서는 문장을 만들어보세요. 그런 문장을 짓기 위해 연필을 잡는 순간 당신의 눈은 총총 빛날 겁니다. 한 문장이어도 좋고 그 이상이어도 좋습니다. 예를 들어 다음과 같이 써볼 수 있습니다.

'나는 이 시련을 이겨낼 수 없을 거야.' → '어쨌든 난 지금까지 무너지지 않고 잘 견뎌왔어. 그 시간은 최소한 한 가지 의미는 있어. 마음의 맷집이 생겼다는 거. 좋아, 상대해줄게.'

일상적 자기 비난을 멈추는 법

의식하지는 못하지만 우리는 생각보다 자기 비난이 일상화되어 있다. 오늘 하루를 면밀히 체크해본다면 '내가 이렇게 자기 비난을 많이 했었나?' 놀랄지도 모른다. 가벼운 자기 비난에서부터 무거운 자기 비난까지. 종종 그 때문에 스트레스를 받거나 걱정이 생기거나 불안해지기도 한다.

- 철 지난 슈트를 세탁소에 맡기지 않았다. 나의 게으름은 병이다.
- 요즘 어려운 상황에 있는 J의 카톡 메시지에 너무 간단히 대꾸했다. 대화가 하고 싶었던 것 같았는데.
- 유튜브 보는 시간을 줄이기로 해놓고 오늘도 알고리즘의 술수에 넘어가고 말았다. 의지박약.

- 건강이 안 좋아 체력 관리를 해야 하는데 실천은 못 하고 만날 생각뿐이다.
- 팀워크고 뭐고 자기밖에 모르는 동료에게 지적질을 하고야 말았다. 그냥 참을걸.
- 우리 집 근처에 왔다며 들르겠다는 R에게 외출해야 하니 다음에 보자고 했다. 둘이 대화를 하면 늘 뭔가 어긋나는 게 싫어서였는데 거짓말한 게 걸린다.
- 오늘도 내 마음을 읽지 못하고 엉뚱한 소리를 하는 남편에게 화를 냈다. 내가 못됐나?

만약 가까운 친구가 이런 자기 비난을 하며 속상해한다면 무슨 말을 해줄 것인가? 아마도 친구를 다독이거나 공감을 담아 조언을 해줄 것이다. 대부분은 비난받을 일도 아니고 크게 문제 될 것이 없는 일들이기 때문이다. 그러면 일상적 자기 비난을 멈출 좋은 방법은 없을까? 바로 친구를 다독이고 다정하게 조언을 해주듯 자기 자신에게 그렇게 해보는 것이다.

- 그럴 수도 있지. 옷이 썩는 것도 아닌데 세탁소엔 이번 주말에 맡겨도 되잖아.
- 내일이라도 J에게 먼저 카톡 메시지를 보내봐. 좋아할걸?

- 너만 그런 게 아니라 많이들 그래. 이렇게 해보든지. 시간을 정해놓고 꼭 보고 싶은 콘텐츠만 골라서 보는 거야.
- 그렇구나. 막연히 운동해야지, 하지 말고 구체적으로 계획을 세워봐. 하루 20분씩 실내 자전거를 탄다든가, 필요한 영양제를 챙겨 먹는다든가.
- 누군가 해야 할 소리였다면 용감했던 거네. 내일 출근해서 그 직원에게 친절하게 인사를 건네면 해결될 일인 듯.
- 만나서 피곤해하는 것보다 그편이 나았어.
- 눈치가 너무 없으면 속이 터지긴 해. 하지만 남편 잘못은 아니니 내일은 좀 상냥하게 대해주면 어떨까.

자기 비난을 뒤집어 자신에게 해주는 친절한 말로 바꾸면 곧 마음이 편해진다. 답은 의외로 간단할 때가 많다.

마음 쓰기 연습 ㉚

—— 당신이 일상적으로 하게 되는 자기 비난의 목록을 작성해보세요. 그리고 하나하나에 대해 공감과 다독임, 다정한 조언의 말을 적어보세요.

나를 비난하는 말 vs. 나를 배려하는 말

마음의 상처를 치유하는 데 가장 골치 아픈 방해꾼은 무엇일까. 타인으로부터 받는 비난일까? 아니다. 내가 나를 비난하는 말이다. 상처받은 마음에 자기 비난의 펀치를 날리면 고통은 두 배로 커진다. 자기 비난이 시작되면 타인에게서 공격을 받을 때보다 자신을 지켜내기가 더 힘들기 때문이다.

우유부단하다는 이유로 사랑하는 여자에게서 버림을 받고 우울증에 걸린 남자가 있다고 하자. 이 남자는 어떤 상태일 때 우울증에서 벗어나기가 더 힘들까? 첫째, 일방적으로 결별을 선언하고 전화번호도 차단한 여자를 용서할 수 없어 분노할 때. 둘째, 스스로 사랑받을 가치가 없는 놈이라며 자신을 비난할 때. 물론 후

자다. 무너진 자기 존중감은 모든 종류의 심리적 위기에 독이 되기 때문이다. 자존감 없이는 위로도 격려도 일일밴드일 뿐이다.

자기 비난은 어떤 사건과 함께 우발적으로 나오는 게 아니다. 오래전부터 마음 저 밑바닥에 도사리고 있다가 빌미만 생기면 비집고 나와 위세를 부린다. 대부분의 경우 자기 비난은 결혼 전의 원가족, 어린 시절의 부모나 다른 가족들, 혹은 자신에게 영향력을 행사하는 권위자, 나보다 힘이 있는 사람에게서 들었던 비난이 자기 것이 되어 나타난다. 특히 어린 시절에 받은 부모의 비난은 내면에 깊이 새겨져, 어른이 되면 자기 비난으로 둔갑해 스스로를 못살게 군다.

"네가 하는 게 그렇지 뭐." "소심하긴." "아주 못돼먹었어." "싹수가 노래." "넌 안 된다니까?" "누가 널 좋다고 하겠니?" "못난 녀석." "하여튼 도움이 안 돼." "넌 좀 빠져." "속 터지게 하는 데 뭐 있다니까."

이런 비난은 성장하면서 내면의 목소리, 내면의 비판자가 된다. 하여 조금만 안 좋은 일이 생겨도 습관적으로 자기 비난을 하게 되는데, 이는 무의식에서 하는 일이라 그것을 깨닫기는 어렵다.

자기 비난의 목소리에서 해방되려면 어떻게 해야 할까. 그런 목소리가 들릴 때 바로 자각하고 오류를 바로잡을 수 있어야 한다. 이를테면 '난 왜 이렇게 우유부단하지?'라는 자기 비난을 '아니, 난 신중히 생각하려고 했을 뿐이야'라고 바로잡는 것이다. 그것은 자기 비난 뒤에 숨어 있던 진실의 언어다.

　물론 이러한 진실의 언어는 쉽게 나올 수 없다. 자기 비난의 목소리와 오랫동안 함께 살아 그 목소리를 철석같이 믿는 것이다. 바로 그 점이 더욱 자기 비난을 멈춰야 하는 이유가 된다. 자기 비난의 목소리가 나올 때, 찬찬히 마음속을 들여다보고 진실의 언어로 자기 비난을 몰아내야 한다. 그것은 자신의 말이 아니라 자신을 비난했던 부모, 권위자, 힘 있는 사람의 말이기 때문이다.

　자기 비난을 몰아내는 또 다른 방법은 그 비난에 담긴 속뜻을 찾아내는 것이다. '난 너무 소심해'라는 자기 비난에는 '좀 대범해지고 싶다'라는 바람이, '난 안 돼'라는 자기 비난에는 '잘 해보고 싶어'라는 속뜻이 담겨 있다. 그러한 바람을 찾아내 마음을 다독이고 격려하면서 자기 비난으로부터 탈출할 언어를 만들어내야 한다.

자기 비난을 몰아내기 위한 글쓰기에는 '나를 배려하는 말'이 필요하다. 자기 이해와 격려, 셀프 칭찬의 문장들을 고안해내는 것이다. 과장이나 억지가 아니라 진심의 언어로, 나의 삶을 좋은 방향으로 이끄는 시작이 되길 바라면서.

마음 쓰기 연습 ㉛

—— 자존심 상하는 일, 좋지 않은 일, 스스로에게 실망스러운 일이 생겼을 때 습관적으로 하게 되는 자기 비난의 말을 적어보세요. 그런 다음 자기 비난 속에 숨어 있는 자기 배려의 말을 찾아 적으세요. 자기 배려의 말은 큰 글자로 세 번 반복해 씁니다.

6장 감각

내가 느끼는 만큼
내 것이라서

잃어버린 시간을 찾아줄
나만의 마들렌

 시각, 청각, 미각, 후각, 촉각. 인간의 오감은 모두 감정과 기분에 영향을 미친다. 하여 사람들은 쾌적한 실내 분위기를 위해 산뜻한 파스텔 톤의 벽지와 취향에 맞는 그림 액자를 선택하고, 그때그때의 정서에 맞는 음악을 골라 들으며, 맛있는 음식이 주는 즐거움을 만끽하고, 향이 좋은 아로마 디퓨저로 편안함을 느끼며, 지나치게 조이지 않는 옷을 입고 부드러운 촉감의 침구류를 사용해 피로를 느끼지 않으려 한다.

 그러면 우리가 가장 소홀히 생각하는 감각은 무얼까? 아마도 후각이 아닌가 싶다. 냄새에 예민한 사람을 '개코'라며 놀리기도 한다. 하지만 알고 보면 인간의 후각은 절대 무디지 않다. 실제로 후각은 사람의 오감 중 가장 예민한 감각이며, 가장 피로를 쉽게 느끼는 감각이라고 한다. 놀랍게도 사람이 맡을 수 있는 냄새는 4천여 가지나 되는데, 이 많은 냄새에 모두 기능하지는 않지만 그만큼 후각이 발달했다는 얘기다. 《향수: 어느 살인자의 이야기》라는 충격적인 소설을 읽었거나 영화를 본 사람은 인간의 후각이 어디까지 발달할 수 있는지 상상해볼 수 있다. 물론 소설 속 인물의 후각은 작가가 창작해낸 것이지만.

후각에 대한 기억을 떠올려보면 우리의 코는 생각보다 많은 이야기를 간직하고 있다. 그리고 그중에는 뜻밖에도 코끝이 찡긋찡긋 올라가는 아기자기한 이야기들도 적지 않다. 엊그제 나는 냄새에 관한 기억을 한 번에 여러 개 직조해냈다. 이런 이야기들이었다.

정말 오랜만에 맛있는 토마토를 사 먹은 날. 채소 트럭 아저씨가 유기농 밭에서 직접 따오기라도 한 걸까. 어릴 때 시골 친척 집 텃밭에서 아침마다 따 먹던 토마토 맛이 났다. 새벽이슬이 맺힌 빨간 토마토를 따서 샘물에 던져 넣고 한 시간쯤 지나 그것을 건져 한 입 베어 알알이 씨앗이 섞인 즙을 쪽쪽 빨아들일 때, 입안 가득 채워지는 아릿하고 상큼한 그 맛, 아니 그 향이란! 내가 토마토를 좋아하는 것은 혼자

만의 기억 한 가지를 킁킁 맡을 수 있어서가 아닐까.

　코로나19로 전 세계가 재난의 국면을 맞은 때, 태평양 건너 사촌 언니는 무사히 잘 지내고 있을까 종종 생각하곤 한다. 캐나다로 이민 간 사촌 언니는 내가 어린이였던 시절 나의 로망이었다. 이유는 단 하나, 언니에게서 나는 향긋한 냄새 때문이었다. 이민 가기 전 화장품 회사에 다녔던 언니에게선 품에 꼭 안기고 싶을 만큼 좋은 향이 났다. 밖에서 놀다 들어온 나를 깨끗이 씻겨 로션을 발라주던 친절하고 세련된 모습은 더욱 향기로워 그 시간이 길게 이어지기를 바랐다. '나도 저렇게 향기가 나는 아름다운 어른이 될 테야.' 그런 생각을 했던 나에게선 지금 어떤 향이 날까. 몇 년에 한 번 보는 사촌 언니는 여전히 내 어릴 적 기억의 향긋한 냄새를 간직하고 있다. 선하게 잘 살아온 이의 평화로운 표정은 그 향기에 깊이를 더한다. 나도 나이 들수록 그렇게 깊은 향기가 나는 사람이 되기를……

　엄마가 오이지를 담아야 하는데 팔이 아프다며 나에게 SOS를 쳤다. 효도할 기회가 왔군. 엄마의 집에 쌩 가보니 50개씩 비닐 포장된 오이 집합체가 두 덩이나 기다리고 있었다. 뭐든지 씻는 걸 좋아하는 나는 놀잇감을 만난 것처럼 마음이 싱싱해졌다. 싱크대에 수돗물을 틀어놓고 하나씩 오이를 씻기 시작했다. 하나를 뚝 잘라 엄마와 나눠 먹어가면서. 예전의 오이만큼 향이 짙지는 않지만 코끝을 스치는 여리고 풋풋한 내음이 초여름 바람결처럼 좋았다. 엄마의 도우미라서 더욱.

마르셀 프루스트의 자전소설 《잃어버린 시간을 찾아서》에는 주인공 마르셀이 마들렌을 홍차에 찍어 먹는 순간 어릴 적 기억이 떠올라 과거를 회상하는 장면이 나온다. 이 소설로부터 '프루스트 현상'이라는 말이 만들어졌는데, 특정한 냄새로 인해 과거의 기억이 되살아나는 현상을 말한다. 누구에게나 오래전 기억을 휘저어낼 특별한 냄새가 있을 것이다. 또 지금 바로 떠올릴 수 있는, 그리 오래되지 않은 이야기 속의 어떤 냄새도 있을 것이다. 그 냄새의 기억을 글로 풀어내는 일은 미소가 지어질 나만의 시간을 찾아가는 길이 아닐까.

마음 쓰기 연습 ㉜

—— 손바닥으로 턱을 괴고 잠시 눈을 감은 채, 당신을 기분 좋게 했던 어떤 냄새(향기)를 찾아 코끝에 감각을 집중해보세요. 냄새가 느껴지나요? 눈을 뜨고 그 냄새를 맡았던 그때 그 시간의 이야기를 써 보세요.

나를 홀렸던
그 맛

　언젠가 소설책을 읽다가 입속이 홧홧해지면서 침이 고인 적이 있다. 매운맛에 대한 묘사가 어찌나 리얼하고 독창적인지 정신을 쏙 빼놓을 만큼 맵디매운 음식을 먹는 기분이었다. 마치 캡사이신이 뇌로 전달되며 엔도르핀이 팍팍 분비되는 것 같았다. 먹방을 시청하며 영상 속 주인공들과 함께 그 음식을 즐기는 것과 비슷했다고 할까.

　화통하게 혀를 볶는 맛, 미친 짐승처럼 길길이 날뛰는 맛, 울다 지쳐 혼절할 것 같은 맛, 뒷덜미를 찌르는 바늘 같고 심장을 관통하는 총알 같은 맛, 붉은 피를 머금은 맛, 목구멍을 태우며 뱃속으로 쿵 떨어지는 맛, 8월의 태양 같은 맛, 심장이 두방망이질하는 맛, 영혼이 셀로

판지처럼 얇디얇게 분리되는 맛, 쓰라린 칼침 같은 맛, 마약처럼 중독성이 강해 먹고 또 먹고 싶어지는 맛…….

명지현,《교군의 맛》중에서

    대단하다 싶을 만큼 살아서 펄펄 뛰는 묘사에 잠시 흥분했던 기억이 난다. 오래전 자주 갔던 대학로 식당의 오징어 보쌈이 문득 먹고 싶어지기도 했다. 입속에서 불이 활활 타오르는 것처럼 무척이나 매웠던 오징어 보쌈이었다. 아찔하고 혀가 혹독하게 단련되는 듯했던 그 매운맛은 찝찝한 것들이 몸속에서 쫙 빠져나간 것처럼 개운함을 선사해 종종 그 집을 찾곤 했다. 매운 음식을 잘 못 먹는 편인데도 문득 생각날 때가 있었으니 정말 그 맛에 홀릭되었던 것 같다.

    많은 사람이 그렇겠지만 홀릭의 맛을 찾는다면 나 역시 커피를 빼놓을 수 없다. 단 한 번도 질려본 적 없고 단 하루도 빼놓지 않고 마시는 중독성의 커피. 커피를 좋아하지 않는 사람은 몇이나 될까? 커피는 영어 'steady'가 속어로 사용될 때의 뜻과 딱 맞아떨어지는 기호식품인 것 같다. '정해놓고 사귀는 데이트 상대.' 국제향미협회의 분류에 따르면 커피는 다양한 조건에 따라 100가지 맛을 낸다고 한다. 원두의 종류와 로스팅, 그라인딩, 물의 온도, 물줄기의 양과 균일함의 정도에 따라 달라지는 커피 맛. 그렇게까지 전문가다운 구별은 할 수 없어도 그날의 기분과 정서, 날씨, 주변 환경에 따라 다양한 매혹의 커피 맛을 느낄 수는 있다.

  비가 올 때의 커피는 습도를 머금은 듯 깊고 묵직하며 조용한 감각으로 흘러내리는 눈물 같은 맛이다. 눈이 올 때 마시는 카푸치노의 첫 한 모금은 부드럽고 가벼우며 자질구레한 서운함쯤 싹 날려주는 맛이다. 그리고 풍성한 우유 거품 뒤에 따르는 진한 커피는 '여기까지' 하는 절제의 맛! 계속되는 고난이 힘들어 훌쩍 떠난 여행, 이국의 땅에서 마시는 에스프레소는 '인생의 쓴맛을 알아야 어른이 되지' 하는 겸허함의 맛이다. 가족이 모인 날 식후에 간편히 마시는 드립백 커피는 구수했다가 맑았다가 탄 맛이었다가 시었다가 그냥 맛있기도 한 서로 다른 성격의 패밀리 맛이다. 커피의 종류가 무엇이든 어느 때에 마시든, 좋은 친구와 마시는 커피는 한 모금 한 모금 절대로 밀어내지 않고 적당히 끌어당기면서 깔끔한, 말 그대로 나이스한 맛이다.

  매운맛, 달콤한 맛, 고소한 맛, 짭짤한 맛, 새콤달콤한 맛, 상큼한 맛, 깔끔 담백한 맛……. 커피 맛, 김치 맛, 빵 맛, 치즈 맛, 떡볶이 맛, 와인 맛……. 누구에게나 빠져드는 맛이 있을 것이다. 권태

로울 때, 짜증 날 때, 기운이 빠질 때, 속상할 때 가슴이 확 풀리게 하는 맛, 즐겁게 하는 맛, 신선한 자극을 주는 맛을 내는 음식과 그 맛에 대해 혀끝의 기억을 살려 떠오르는 대로 묘사해보는 것도 맛있는 식사 한 끼 정도의 즐거움은 주지 않을까.

마음 쓰기 연습 ㉝

―― 당신이 즐겁게 중독된 음식 혹은 기호식품은 무엇인가요? 그 맛에 대해 예찬하는 글을 써보세요.

그 소리를
리필합니다

'
,

   인간에게 가장 먼저 발달하는 감각은 무엇일까? 그렇다. 청각이다. 기억할 순 없지만 우리는 이미 태어나기 전부터 따뜻한 양수에 감싸여 수많은 소리를 들었다. 엄마의 목소리와 심장박동 소리에 갖가지 표정을 짓고, 모체 너머에서 들려오는 소리에 작디작은 몸을 꼬물거리고 톡톡 발길질을 했을 것이다. 출산을 앞둔 엄마들은 태교 음악을 듣거나 동화책을 읽으며 배를 살살 어루만지기도 한다. 생명체로서 삶을 시작한 아이에게 정서적 안정을 주기 위해서다.

   이처럼 청각을 도구로 감각적 경험을 시작했던 우리는 의식하지 못한 채 매일 수많은 소리에 반응하며 살아간다. 귀를 즐겁게 하는 소리엔 심리적 안정이나 정서적 만족감을 느끼고, 듣기 거북한 소리엔 불쾌함이나 불안, 공포를 느낀다. 80데시벨의 자동차 소음이 쏟아져 들어오는 사무실에서 성질 고약한 상사의 잔소리를 들어야 한다면 종일 스트레스와 불쾌함을 느낄 것이고, 아늑한 실내 음악이 흐르는 사무실에서 간간이 업무에 필요한 대화와 작은 웃음소리를 듣는다면 자유롭고 안정된 상태로 일할 수 있을 것이다.

좋은 소리, 심리적 안정을 주는 소리를 글로 재생하면 그 소리를 듣는 것처럼 마음이 평온해질 수 있다. 하루를 마감하고 잠자리에 들기 전, 깨끗이 펼쳐진 종이 위에 오늘 '내 귀가 즐겁게 흡수했던 소리'에 관해 써본다. 그리고 나서 눈을 감으면 문장으로 기록된 소리를 're-feel'하며 기분 좋게 잠들 수 있다.

메모수첩이나 일기장을 펼치고, 그날 내 감각을 고양시켰던 소리를 끼적여볼 수도 있다. 안 그러면 시간과 함께 사라질 즐거운 음파들을. 예를 들면 이렇게 써보는 것이다.

- 고단한 한 주를 보내고 난 휴일 오전, 이불 속에서 비몽사몽 헤매는데 창밖에서 아이들 뛰노는 소리가 튀어 올라온다. 느긋한

휴식의 배경이 되어주는 이 평화로운 소리.
- 친구들과 등산을 한 주말, 절에서 들려오는 목탁 소리가 왠지 나를 차분히 다독이는 것 같았다. 회사에서 무리한 일을 시켜 일주일 내내 속이 사나웠던 참이었다.
- 피아졸라의 탱고를 들으면 언제나 마음이 솔직하게 개방되는 것 같다.
- 시원하게 비 오는 소리를 들을 땐 정말 맛있는 칼국수가 먹고 싶어진다. 빗발과 면발의 만남은 최상이다!
- 마음이 찌들어 있을 땐 조카들 말소리, 웃음소리를 듣는 게 약이다. 순수의 에너지가 전해지니까.

마음 쓰기 연습 ㉞

—— 당신은 어떤 소리를 좋아하나요? 오늘 들었던 수많은 소리 중 당신에게 긍정적인 자극을 준 소리에 대해 써보세요.

—— 당신에게 각질이 생긴 것 같은 영혼을 가볍게 두드려주는 소리는 무엇인가요? 그 소리를 들었을 때의 느낌은 어떤지 글로 써보세요.

내가 좋아하는 색깔

색깔이 우리에게 주는 정서는 상상 이상이다. 기본적으로는 좋아하는 색깔과 싫어하는 색깔이 있고, 가구나 인테리어 소품, 사소한 물건을 고를 때도 취향에 맞는 색깔을 선택하게 된다. 이왕이면 끌리는 색, 편안함을 주는 색, 기분이 좋아지는 색을 내 주변에 두려고 한다.

어떤 이는 초록색을 너무 좋아해 초록색만 보면 가슴이 후련해지고, 봄 나무에서 잎을 틔우는 연녹색 이파리들에 전율을 느낀다고 한다. 어디서든 초록색이 가장 눈에 잘 띄고, 일상의 잡다한 일로 머리가 아프다가도 초록만 보면 풀잎 냄새를 맡은 듯 개운한 느낌이 들곤 한단다. 초록색은 자연의 대표색이기 때문이 아닐까 싶다. 미술 치료 전문가에 따르면, 자신에게 좋은 느낌을 주는 색을 곁에 두면 기분 전환과 심리적 안정감을 얻는 데 도움이 된다고 한다.

예전 한때 나는 노란색에 집착했다. 작은 소품들부터 이불, 쿠션, 커튼까지 내 방을 노란색으로 채웠다. 문구류를 살 때도 뭘 고를까 생각도 하기 전에 노란색을 집어 들었다. 노란색의 화가 반고흐에 대한 애정이나 우리 시대의 아픈 사건들을 기억하는 마음과는 별개로(노란색을 탐했던 것은 그 이전이었다), 노란색이 주는 밝고 천진난만한 정서가 좋았다. 노란색에 빠져 있는 시기에 나는 가장 적극적이고 활동적이었던 것 같다.

언제부턴가 내 방은 옅은 분홍빛이 기본 색조를 이루게 되었다. 빈 벽에 아무 무늬 없는 파스텔 핑크의 천을 천장부터 1미터쯤 내려뜨리고 밑자락에 비슷한 색조의 자잘한 플라스틱 꽃 스티커를 붙였다. 벚꽃 잎이 흩날려 쌓인 것처럼 보인다. 작업하는 테이블 밑엔 인디언 핑크색 카펫을 깔았다. 차분한 색조가 안정감을 준다. 감정이 요동치는 어떤 일을 당하고 난 뒤 나는 그리 튀지 않는 핑크빛을 찾게 되었던 것 같다. 분홍색은 보통 사랑스러운 색으로만 알고 있지만, 온화함과 포용력, 다정함 같은 심리가 포함돼 있다고 한다. 나에게 필요한 색이었던 것이다. 다음엔 또 어떤 색이 내 마음을 끌어당기게 될까?

마음 쓰기 연습 ㉟

── 요즘 당신에게 편안함을 주는 색깔, 기분이 좋아지는 색깔, 마음이 가는 색깔, 물건을 살 때 고르게 되는 색깔은 무엇인가요? 그 색깔은 당신에게 어떤 느낌을 주나요? 그 색깔은 당신 주변 어디에 있나요? 색깔로 변화를 줄 수 있다면 무엇을 어떻게 바꾸고 싶은가요? '내가 좋아하는 색깔에 대하여'라는 제목으로 당신이 끌리는 색 이야기를 써보세요.

나와 닮은 그것

'
_____
_____
_____
_____
_____ ,

　라오스 여행 중 루앙프라방이라는 작은 전원도시에 머물 때였다. 메콩강 강가를 산책하고 숙소로 들어왔는데 옆방 게스트가 야시장엘 같이 가자고 했다. 루앙프라방의 몽족 야시장은 늦은 오후부터 여행자들의 거리에서 열리는 매력적인 볼거리다. 저녁이면 마실 나가듯 야시장을 어슬렁거리는 게 그곳 여행자들이 하는 일이라 흔쾌히 수락했다.

　야시장엔 알록달록 독특한 패턴의 의류나 패션 잡화, 수공예 소품들, 열대과일 비누, 동물 인형, 그림 등 온갖 아기자기한 물건들이 가득하다. 특히 몽족 여인들이 만들어 파는 수예품은 화려한 색상에 바느질이 꼼꼼해 쪼그리고 앉아 구경하지 않을 수 없다. 옆방 게스트도 컵 받침이며 헝겊 인형이며 가족, 친구들에게 줄 선물을 고르느라 눈이 바빴다. 그런데 이상한 점이 있었다. 곱게 잘 만들어진 것들을 놔두고 왠지 어설퍼 보이는 것을 고르는 게 아닌가.

그 이유를 듣고 나는 묘한 감동을 느꼈다. 완벽한 것들보다는 어딘가 부족해 보이는 것에 더 마음이 간다고 했다. 조금 비뚜름하고 짱구 같은 게 더 정감이 가고 아껴주고 싶다고 했다. 내가 고른 흠 잡을 데 없이 촘촘한 손바느질 파우치를 내려놓지는 않았지만 그 아름다운 사람을 잠시 감상하듯 바라보았다.

그가 이틀 후 루앙프라방을 떠나고 나는 야시장에서 컵 받침을 몇 개 샀다. 바느질이 고르지 않은 색색의 컵 받침들은 자그마한 할머니가 침침한 눈을 바늘 끝에 집중하며 만든 것들이었다. 지인에게 주고 남은 노란색 컵 받침은 지금 내가 쓰고 있다. 네 변의 길이도 제각각이고 바늘땀도 정교하지 않지만 그래서 더 친근한, 나와 닮은 그것을 애정하며.

마음 쓰기 연습 ㊱

―― 디자인, 색깔, 소재가 다양한 모자 백 개가 벽에 걸려 있다고 상상해보세요. 최신 트렌드 아이템도 있고 유행이 지난 것도 있습니다. 여름 모자도 있고 겨울 모자도 있습니다. 한 번도 사용하지 않은 모자도 있고 종종 썼던 모자, 해지고 손때가 묻은 모자도 있습니다. 당신은 그중 가장 당신과 닮은 모자를 골라야 합니다. 어떤 모자를 고를 건가요? 어떤 면에서 그 모자는 당신과 닮았나요? 그리고 그 모자를 어떻게 할 건가요? 생각나는 대로 써보세요.

7장 감정

내 마음과
잘 지내려고

"화는 나는데
설명을 못 하겠어"

정신건강 장애로 구분되지는 않으나 조금 특이한 성격적 특성으로 감정표현불능증Alexithymia이라는 게 있다. 영어 명칭을 어원으로 해석하면 '감정에 대한 단어가 부족한 상태'를 의미한다고 한다. 감정표현불능증을 가진 사람은 자신과 타인의 감정을 식별하고 표현하는 데 어려움을 겪는다. 정도의 차이는 있지만 감정 표현 능력이 없는 사람은 우리 주변에서도 흔히 볼 수 있다. 자신이 느끼는 불쾌한 감정이 정확히 어떤 감정인지를 모른 채 언제나 하나의 감정어로만 표현하는 것이다. '열 받는다', '불안해', '답답하다', '화난다', '빡친다', '짜증 나' 등등. 이를테면 동료와 의견 충돌이 있어도 '짜증 난다', 지하철 열차를 놓쳐도 '짜증 난다', 남편이 꼴 보기 싫어도 '짜증 난다', TV 드라마 속 등장인물을 보고도 '짜증 난다', 하는 일이 안 돼도 '짜증 난다', 하는 식이다.

감정 표현이 잘 안 되는 사람은 감정과 감정에 따른 신체적 느낌(만성피로, 두통, 불면증, 식이장애 등) 사이의 차이를 구분하기가 쉽지 않고, 스트레스에 대한 대처 능력이 떨어진다. 따라서 유머가 없고 융통성이 부족한 경우도 많다. 이런 어려움을 겪는 사람들이 수백만 명이나 된다고 하니, '혹시 나는 아닐까?' 체크해보고 싶어진다.

뭔가 부정적인 감정은 인지하면서도 그것이 불안인지 분노인지 실망인지 구별하지 못하는 경우, 감정을 컨트롤하기도 당연히 쉽지 않다. 그러다 보면 그로 인한 스트레스를 먹는 것으로 풀거나 두통, 위장 장애, 심장박동수 증가 등 신체적인 증상에 집착하기도 한다. 참으로 피곤한 일이 아닐 수 없다.

나의 감정을 정확히 인식하고 하나로 뭉뚱그려진 감정 언어를 분화시킬 방법으로 글쓰기는 훌륭한 도구가 될 수 있다. 언어를 사용해 내 감정의 정체를 밝히고 적합한 표현을 찾는 것이다. 5단계의 감정 표현 연습을 고안해보았다.

1단계: 어떤 상황에 대해 자신이 느낀 감정의 실체가 무엇인지 분석해본다.

2단계: 분석한 결과에 맞는 감정 표현을 찾고 구체적으로 그 감정을 묘사해본다.

3단계: 왜 그런 감정을 느끼는지를 적는다.

4단계: 그 감정이 나에게 무엇을 요구하는지에 대해 쓴다.

5단계: 내 감정이 무엇인지 알고 깨달은 점, 혹은 그 감정이 갖는 의미를 기록한다.

예를 들어 다음과 같이 써볼 수 있다.

1단계: "너 은근히 꼰대스러운 거 알아?"라는 L의 농담 아닌 농담에 격하게 말다툼까지 하고, 내가 왜 그렇게 예민했나 몰라. 얄밉게 속을 긁었던 L이 여전히 괘씸하긴 하지만. 그때 난 머리가 뜨끈뜨끈해질 만큼 화가 났지. 아니, 화가 난 줄 알았어. 지금 곰곰이 짚어보면 화가 난 게 아니라 자존심이 상했던 건데.

2단계: L이 나에게 망신을 줬다고 생각했지만 실은 내 약점을 들켜 당황한 게 맞아. 자존심이 많이 상할 때 난 언제나 그랬지. 가슴이 답답하고 머리에 뜨끈뜨끈 열이 나. 속이 점점 좁아드는 것 같고 울렁거리기도 해. 상한 자존심을 어떻게 회복해야 할지 몰라 미칠 것 같고.

3단계: 그런 감정과 느낌이 드는 것은 상대의 지적이나 충고를 받아들이지 못하는 성격 탓일 거야. 솔직히 말하면 속 좁고 미숙한 거지. L이 나를 정확히 꿰뚫어보아 발가벗겨진 기분, 그때는 그것만 중요해 L에게 지나치게 예민하게 굴었어.

4단계: 10년 넘게 교직에 있다 보니 내 말에 지시어나 명령어가 많아진 것 같다고 얼마 전 친구가 지적했을 때도 나는 듣기 싫었어. 아니, 그렇게 된 내가 싫었다는 게 더 정확할 것 같다. 어쩌면 내 진심은 약점을 들키지 않는 게 아니라 내 약점을 쿨하게 인정하고 받아들이는 것일지도 몰라. 그래야 못생긴 감정으로 부대끼지 않고 좀 더 나은 내가 되려고 할 테니까.

5단계: 나에 대한 타인의 평가에 자존심 좀 그만 휘두르자. 지금보다 괜찮은 내가 되려면 통을 키워야 해. 쉽지 않겠지만 노력은 해봐야지, 안 그래? L의 말에 몹시 상했던 내 자존심은 그렇게 하길 바라고 있을 거야.

'화난다' 혹은 '짜증 나'로 획일화시켰던 감정에게 제 이름을 찾아주는 일은 나 자신을 찾는 일이기도 하다. 감정표현불능증의 상태를 벗어나면 더 이상 "화는 나는데 설명을 못 하겠어"라고 말하지 않을 것이다.

마음 쓰기 연습 ㊲

—— 5단계의 감정 표현 연습을 통해, 최근 설명하기 어려웠던 당신의 감정을 분석하고 표현해보세요.

고장 난 마음
A/S

    몇 년 전 문학 관련 기관에 서류를 보낼 일이 있었다. 서류 작성 과정에 불합리한 점이 발견돼 담당자와 통화를 했고, 죄송하다는 말만 반복하는 그에게 답답함을 토로하며 마침내는 목소리를 높이기까지 했다. 전화를 끊고 나서 나는 머리가 지끈지끈할 만큼 심정이 복잡했다. 문제가 해결되지 않아서가 아니었다. 컨트롤하지 못한 감정을 애꿎은 직원에게 쏟아낸 것만 같아 몹시 불편했다. 내 목소리로 나 자신을 훼손한 기분이랄까. 문제를 개선할 위치에 있지 않은 그가 나를 위해 해줄 수 있는 일은 없었다. 통화 음성으로는 경력이 얼마 안 되는 어린 직원 같았는데, 상처를 받았을까 봐 걱정되었다.

다음날 그 직원에게 전화를 걸어 사과했다. 주어진 업무를 할 뿐인 사람에게 그래서는 안 되는 거였다며, 생각이 짧았던 점 이해해 달라고 했다. 전화해주셔서 감사하다는 말을 몇 번이나 들을 때는 죄를 지은 기분이었다. 그런 일을 자주 겪는구나……. 나는 그가 많은 불만성 민원에 좀 더 단단해지고 심장이 튼튼해지기를 바랐다.

하지만 정작 걱정해야 할 것은 내 마음 상태였다. 그날뿐 아니라 그즈음의 나는 적당히 넘어갈 수 있는 일에도 상당히 예민해져 불쾌함을 드러내곤 했다. 수월치 않은 문제로 심한 스트레스를 받고 있던 때였다. 내 마음에게 이렇게 물었다. '마음아, 지금 괜찮니?' 내 마음은 대답했다. '괜찮을 리가 없잖아. 힘들다, 힘들어.' 타인의 마음을 살피기 전에 내 마음부터 보살펴야 했다. 내 마음의 평화를 위해 필요한 일들을 정리해보았다.

- 마음이 예각을 이루며 좁아들 때 그 상황에서 얼른 한 발짝 물러나기.
- 내 목소리로 나 자신을 훼손하지 않도록, 말하기 전에 '일단 멈춤' 하고 생각하기.
- 내 마음에 맑은 에너지를 주입할 도구들을 이용하기: 음악 듣기,

걷기, 텅 빈 시간 속에 휴식하기.

- 거울을 보고 웃는 얼굴 연습하기.
- 힘든 때를 영화처럼, 우아하게 지나가기.

잠시 고장 난 마음은 이 정도의 A/S로 멀쩡히 수리될 수 있다는 걸 나는 믿는다.

마음 쓰기 연습 ㊳

── 납득이 안 되는 일에 평정심을 잃거나 불같이 화가 날 때, 별일 아닌 일에 흥분을 하거나 필요 이상 예민한 반응을 보일 때, 혹은 불편한 느낌 속에 있을 때, '마음아, 지금 괜찮니?'라는 질문과 함께 그런 마음을 보살피기 위해 필요한 일들을 정리해보세요.

내 몸이 말해주는
내 마음

내 마음 상태는 병원에 간 기록으로도 알아챌 수 있다. 인간의 감정은 신체에도 영향을 미치기 때문이다. 마음이 균형을 잃으면 몸도 균형을 잃고 문제를 일으킨다. 나의 경우 스트레스를 받으면 당장 몸에 이상이 생긴다. 소화불량과 두통은 기본이고, 스트레스 지수가 높으면 면역력이 뚝 떨어져 입술이나 관자놀이 부근에 헤르메스 바이러스 포진이 번진다.

바로 얼마 전에는 헤르메스 바이러스 포진과 함께 심상치 않은 조짐이 보였다. 앉아 있기가 힘들 만큼 체력이 바닥나고 얼굴 전체에 통증이 느껴지면서 편두통이 심했다. 피부과에서는 대상포진일 수도 있다며 강한 약을 처방하고 주사를 놔주었다. 의사는 아무것도 하지 말고 무조건 쉬라는 말을 덧붙였다.

그즈음 상황을 돌아보니 역시나 스트레스 때문이었다. 멀티태스킹이 절대 안 되는 나에게 동시에 해결해야 할 일이 몇 가지나 겹치고, 답을 내리기 힘든 일 때문에 극도로 신경을 써야 했다. 그 사실을 미리 알아챘다면 '몸부터 생각하자' 내려놓을 건 내려놓고 포기할 건 포기했을지도 모른다. 몸을 이완시키고 휴식의 시간을 가졌을 테고. 정도의 차이만 있을 뿐 자주 겪는 일인데, 언제나 몸에 이상이 생기고 나서야 그 이유를 돌아보게 된다. 몸과 마음은 별개가 아니라는 걸 언제쯤에야 기본 상식으로 알까.

내 몸을 잘 관찰하고 돌보는 것은 마음을 챙기는 일이기도 하다. 컨디션이 좋지 않을 때는 먼저 내 몸이 말하는 것에 귀 기울여 볼 일이다. 까칠하고 누렇게 뜬 얼굴, 뻑뻑해진 목과 어깨, 음식을 부담스러워하는 위, 울렁울렁하고 메스꺼움을 느끼는 뱃속, 이유도 없이 힘을 못 쓰는 근육, 태업을 하려고 하는 온몸……. 그렇게 진단을 한 후, 몸의 신호가 말하는 마음의 불균형을 바로잡기 위해 효과적인 처방을 내려보는 것이다. '밖으로 나가 바람 쐬며 천천히 걷기, 친구를 불러 쓸모없이 시간 보내기, 멍 때리기, 편안한 음악 듣기, 냉장고 정리하기, 단순한 스토리의 가벼운 영화 보기,

컬러링북 사서 색칠하기…….' 내 마음의 가장 자상하고 친절한 의사는 나 자신이다.

마음 쓰기 연습 ㊴

—— 최근 느꼈던, 혹은 지금 느끼고 있는 당신의 신체적 이상 증세나 부조화, 불균형 상태에 대한 진단서를 쓰고, 그 진단에 따라 심리적·정신적 건강을 위한 처방전을 써보세요.

상담 대신
셀프 카운슬링

우리는 요람에서부터 무덤까지 다양한 문제들에 직면하며 살아간다. 관계의 문제, 생활의 문제, 정체성의 문제, 인생의 방향에 대한 문제, 건강 문제 등등. 이 중 '마음'과 관련한 문제는 기본적으로 성찰이 필요하다. 내면 들여다보기. 하지만 극심한 스트레스, 뼈아픈 후회, 씻을 수 없는 상처, 영혼을 잠식하는 불안 앞에서는 마음의 거울을 들여다볼 여유 따위 있을 리 없다. 하여 막다른 골목에서 기다리고 있는 상담실이나 정신과를 찾기도 한다. 하지만 그것마저도 쉬운 일은 아니다.

첫째, 상담실이나 정신과 문을 두드리려면 두 가지가 있어야 한다. 일반 병원의 열 배가 넘는 시간과 돈이다. 절대로 무시할 수 없는 현실적인 문제다. 둘째, 사회적 편견과 이목으로부터 자유롭지 못하면 그곳에 치유의 샘물이 있어도 마실 수 없다. 전문가와의 상담을 수치스럽게 여긴다는 사실이 문제를 더 어렵게 만든다. 셋째, 상담 과정에서 전문가나 의사에게 반감과 불신이 생기면 역효과가 날 수도 있다.

셀프 카운슬링은 이 세 가지 장애 없이 자신의 상태를 점검할 수 있게 한다. 상담실에서 일 대 일 상담을 하듯 자기 문제를 풀어내는 것이다. 자신의 내적 외적 고통과 그로 인한 감정의 변화, 생각의 변화, 행동의 변화를 기록하고 진단하는 일은 문제를 객관적으로 바라보게 해준다. 글쓰기 셀프 카운슬링을 반복하다 보면 통찰과 자기 발견의 순간을 맞이할 수도 있다.

예를 들어 다음과 같이 셀프 카운슬링을 해볼 수 있다. 카운슬러를 C로 가정하고, M과의 관계가 틀어진 이유를 차근차근 글로 이야기해본다.

나: 요즘 M 때문에 기분이 너무 안 좋아.

C: 왜 그럴까?

나: 지난주 M을 만났을 때 좀 충격이었거든.

C: 무슨 일이 있었는데?

나: 피부 트러블이 심해 내 얼굴이 엉망으로 뒤집혔었거든, 그런데 내 얼굴을 보자마자 M의 표정이 순간 환히 밝아졌다 수습되는 걸 보고야 말았어. 말은 "어떡하니" 하면서 속으로는 좋아하는 것 같았다고.

C: 그렇다고 확신할 만한 근거라도 있어? 착각일 수도 있잖아.

나: 사실은 그전에도 몇 번 비슷한 경험이 있었거든. 왠지 내가 잘 되면 질투하고 안 되면 좋아하는 것 같은.

C: 그러면 심정이 복잡하긴 했겠네.

나: 당연하지. 친구들은 M이랑 나를 절친으로 알고 있는데, 친구가 안 된 일을 보고 좋아하는 게 절친이라니…….

C: 둘이 절친이었구나.

나: 뭐 그랬지. 중딩 동창 다섯 명 중 우리 둘만 같은 고등학교, 같은 대학을 다녔거든. 그러자고 결의를 한 건 아니지만.

C: 그래서 더 실망이 컸겠다. 그런데 넌 지금까지 M이 잘 되는 게 백 퍼센트 기쁘고 M이 안 되는 게 백 퍼센트 속상했어?

나: 음…… 솔직히 말하면 나도 백 퍼센트 그렇다고는 할 수 없지. 난 천사가 아니니까.

C: M한테 뭐 힘든 일이 있는 거 아냐? 상황이 나쁘면 마음이 고약해지기도 하잖아.

나: 걔 얼마 전 오래 사귀던 남자친구랑 헤어져 마음고생이 심하긴

하지. 하지만 연애 문제 때문에 친구가 안 되길 바란다면 그게 친군가?

C: M은 자기가 그렇다는 생각 못 할지도 몰라. 자기 마음 들여다 보기가 쉬운 일은 아니니까. 게다가 절친이라 해도 속이 황폐해져 있으면 능력 있고 성격 잘 맞는 남친 만나 생기발랄해진 네가 샘났을 수도 있지. 천사가 아니라 사람이니까.

나: 그렇긴 하지만……

C: 그냥 봐주면 어때? M이 잃어버린 걸 넌 가지고 있잖아, 그것도 좋은 상태로. 있는 사람의 여유, 넉넉한 마음의 넓이, 그런 사치는 고품격 사치라고 난 생각하는데.

나: 하지만 걘 연봉 빵빵한 직장도 다니고 다른 걱정은 없잖아.

C: 그렇다고 빵빵한 연봉과 멋진 남친을 바꾸라고 하면 그러진 않을 거 아냐. 혹시 너 M의 연봉을 질투하는 거 아니니?

이런 식으로 셀프 카운슬링을 이어가다 보면 상황을 점차 객관적으로 바라보게 된다. 나아가 문제의 해결점까지 찾을 수도 있다. 물론 셀프 카운슬링 한 바닥 쓰고 모든 문제가 깔끔하게 정리되는 건 아니다. 전문가와 상담을 해도 초기, 중기, 후기로 상담을 여러 차례씩 진행하고 추후 상담까지 하는 경우도 있으니까. 셀프 카운슬링도 문제의 경중에 따라 2회든 5회든 횟수를 정해

해야 한다는 말이다. 스스로 해결할 의지가 있을 때 상담 대신 해보는 셀프 카운슬링, 자신뿐 아니라 타인을 이해하는 도구가 될 수 있다.

마음 쓰기 연습 ㊵

—— 지속적으로 마음이 걸려 넘어지게 하는 고민, 혹은 불쾌한 감정을 불러일으키는 일이 있나요? 그에 대해 상담사 'C'와 '나'의 대화로 이어가는 셀프 카운슬링을 작성해보세요.

나조차 날
사랑하지 않으면서

언젠가 단골 카페에서 작업을 하다가 옆 테이블에 앉은 두 손님의 대화를 듣게 되었다. 피로한 눈을 잠시 쉬게 하느라 창밖으로 시선을 돌리던 중이었다.

"사람들이 날 싫어하는 것 같아."

손님 A가 맞은편에 앉은 손님 B에게 말했다. 나도 모르게 손님 A로 갔던 눈길을 얼른 다시 창밖으로 돌렸다. 언뜻 눈에 들어온 손님 A는 조금 지쳐 보였던 것 같다. 자조적인 사람에게서 볼 수 있는 축 처진 얼굴이랄까. 손님 A와 B의 이야기는 방금 전까지는 전혀 들리지 않던 백색소음이었고 내가 관심을 가질 일은 아니라 초록색을 찾아 이리저리 눈동자를 굴렸다. 손님 B가 손님 A에게 '뼈 때리는' 말을 한 것은 구청 앞 잔디 광장으로 시선을 옮겼을 때였다.

"사람들이 널 싫어하는 게 아니라 네가 널 싫어하는 거 같은데?"

접어놓았던 귀가 팔락 펴지는 것 같았다. 와, 세다. 나는 어느새 그다음 말을 듣고 있었다.

"네가 너 자신을 얼마나 푸대접하는지 모르지? 봐줄 사람 없다며 외모는 나 몰라라 방치해놓고, 위장이 튼튼하지도 않으면서 식사는 불규칙하기 짝이 없고, 3개월 동안 5킬로그램 찐 걸 자랑이라고 하고, 20년 GOD 덕질도 나이 타령하면서 시들시들하고, 웃을 일 없다며 입을 아예 시옷 자로 고정시켜놓고……. 너조차 널 사랑하지 않으면서 사람들이 널 좋아해주길 바라다니 말이 돼?"

요점은 '네가 널 사랑해야 다른 사람들도 널 사랑한다'였다. 길게 이어진 진심 어린 잔소리를 다 들은 후 손님 A가 조용히 말했다.

"네 말이 다 맞아."

손님 B가 말하는 '자기 자신을 사랑하는 법'은 거창한 데 있지 않았다. 그것은 손님 A뿐 아니라 누구에게나 마찬가지일 것이다.

소중한 것은 사소한 데서 찾아지는 경우가 대부분인 것처럼. 자기 자신을 위해 제대로 식탁을 차리고, 매일 가벼운 운동을 한 후 개운하게 샤워를 하고, 필요한 건강보조식품을 먹고, 거울을 보며 자기 모습을 체크하고, 가끔 머리를 긴장시키거나 가슴을 설레게 할 문화적 경험을 하고, 심신의 휴식을 위해 멍 때리기도 하고……. 주변을 돌아보면 알 것이다. 인기 있는 사람들이 이런 일들에 얼마나 익숙한지를.

자기 자신을 잘 대접하는 법, 이렇게 해볼 수 있다. 우선 너무 쉬운 것 같아도 실천이 잘 되지 않는 자기관리 목록들을 흰 종이에 깔끔하게 정리해본다. 그리고 습관이 될 때까지 눈길이 자주 가는 곳에 붙여놓는다. 일상적으로 자신을 사랑할 줄 아는 사람, 매력적인 사람이 되기 위해 그리 큰 수고는 아닐 테니.

마음 쓰기 연습 ㊶

—— 당신 자신을 사랑하기 위해 매일 할 일들을 구체적으로 열 가지만 작성해보세요.

나의 '부심'을
채워주는 것들에 대해

'
,

   무언가 값진 것을 가지고 있으면 그것을 소유했다는 생각만으로도 '부심'이 빵빵 부풀어 오를 때가 있다. 기회가 되면 그게 얼마나 가치가 있는지 신나게 설명도 한다. 그 멋진 것이 자신의 일부라도 되는 듯.

   그런 '부심'을 안겨주는 것들로 무엇을 들 수 있을까? 성실한 취미생활을 말해주는 컬렉션, 독특한 감각으로 찾아낸 개성 만점의 옷과 액세서리, 부모님이 물려주신 소중한 물건, 발품 팔아 구한 희귀 음악 앨범이나 아이템, 정성을 다해 꾸민 집 등 눈에 보이는 것일 수도 있고, 남들이 부러워할 만한 음식 솜씨, 최선을 다하고 있는 일이나 직업, 자기 분야에서의 괄목할 만한 실적, 애정을 가지고 참여하는 모임, 자신이 관심을 갖는 것에 대한 덕후적 지식, 남들에게 호감을 주는 좋은 인상, 인내심 등 눈에 보이지 않는 것일 수도 있다.

또 하나, 그 이상의 든든한 자부심을 주는 게 있다. 눈에 보이면서 눈에 보이지 않는 가치를 지닌, '사람'이다. 내 인간관계의 목록에 들어 있는 무형의 재산 '좋은 사람들'. 나에게도 참으로 아끼는 완소 인물들이 있다. 긴 세월 마음이 만나고 헤어지기를 반복하다가 뒤늦게 나의 변함없는 우군임을 알게 된 가족, 삶의 방식과 생각이 자신의 이익에 치우치지 않은 멋진 지인들, 나의 못생긴 부분까지 쓰다듬어주는 가슴이 너른 친구들…….

나는 자신에게 관대한 편이 아니라 가끔씩 자존감을 키워줄 연료를 공급해야 한다. 그럴 때 유용한 방법으로 '내가 가진 값진 것들'에 대해 생각한다. 그러면 휘어진 옷걸이처럼 처졌던 어깨가 우쭐우쭐 올라온다. 언제든 내 자존감의 연료가 되어줄 나의 소중한 것들, 나의 좋은 사람들에 대해 글을 써보면 조금 더 확실하게 가진 자의 여유가 생긴다. 생각이나 말은 날아가 버리기 쉽지만 글은 영구한 것으로 남아 마음에 새겨지기 때문이다.

속수무책 자신감이 바닥을 향하고 자존감이 갉아 먹히는 것 같을 때, '부심'을 가져다주는 사물과 사람에 관해 쓰다 보면 우군이 모습을 드러낸 듯 든든해짐을 느낄 것이다. 스스로 좋은 것들을 가진 괜찮은 사람이라는 생각과 함께.

마음 쓰기 연습 ㊷

―― 내가 가진 값진 것 중 적극적으로 PR하고 싶은 것에 관해 써보세요. 눈에 보이는 것도 좋고 눈에 보이지 않는 것도 좋습니다.

―― 나의 절친 혹은 소중히 여기는 사람을 자랑하는 소개문을 써보세요. 마지막 문장은 이렇게 씁니다. '난 그의 팬이야', '난 그의 친구야', '난 그의 딸이야', '나랑 그 사람, 가끔 같이 밥을 먹어', '그 사람이 나에게 좋아하는 음악 파일을 보내줬어' 등등.

2부

"＿＿＿＿＿＿＿"

일상을 지켜주는
마음 쓰기를 합니다

8장 평정

어떤 날이든
평화로운 마음을

기억을 담은
내 방의 사물들

'
＿＿＿＿＿
＿＿＿＿＿
＿＿＿＿＿
＿＿＿＿＿ ,

    느린 산책을 하듯 집 안을 찬찬히 둘러보면 눈에 도드라지는 사물들이 있다. 과거 어느 날의 이야기나 풍경을 떠올리게 하는 물건들이다. 눈에 들어오는 사물이 매번 같지는 않다. 그때그때의 상황에 따라, 감정에 따라 돌출되는 것들이 있다. 기분이 착 가라앉은 오늘 같은 날은 천진하고 즐거운 기억을 담은 오브제들이 눈에 띈다. 그 시간으로 '백 투 더 타임' 하고 싶은 무의식이 작동한 것일 수도 있다.

    조금 전 눈에 들어온 것은 벽에 걸린 기다란 직사각형의 상아색 그림판이다. 《진짜 나무가 된다면》이라는 그림책에서 가장 마음에 드는 그림 두 개를 오려 위아래로 배치, 스프레이 접착제로 붙인 그럴싸한 '작품'이다. 위쪽에 붙인 그림은 접는 형태로 된 내지를 펼쳤을 때 나오는 커다란 나무고, 아래쪽에 붙인 그림은 세 갈래로 굵게 뻗은 나무줄기에 붉은 꽃잎들이 모여 솜사탕 모양을 이룬 나무다. 꽃솜사탕 나무 위로는 나비들이 바람결을 따라 날아가고 있다. 글·그림 작가가 사인을 해준 책은 고이 모셔두고, 책을 또 하나 사서 작업을 했다. 이 책을 만나고 한동안 나는 정말 나무에 푹 빠졌었다.

《진짜 나무가 된다면》의 그림들을 보고 있으면 평화가 찾아든다. 밝고 화려한 색감의 그림 자체가 참 예쁘기도 하지만, 그림책이 주는 메시지가 재치 있는 상상력으로 잘 표현되어 있기 때문이다. '진짜 나무가 된다면······.' 어린 새싹이 상상하는 진짜 나무의 모습은 우리가 상상하는 진짜 사람의 모습 같다. 뿌리를 땅속 깊이 감춰두어 아이들이 걸려 넘어지지 않게 하거나, 햇빛 뜨거운 날엔 널찍한 그늘도 만들어주고, 키 작은 아이들이 올라가 놀 수 있도록 허리를 슬쩍 구부려주는 나무는 언제든 찾아가 안기고 싶은 엄마의 품과도 같다.

자칭 《진짜 나무가 된다면》의 홍보대사라며 주변에 선물하고 알리고 하던 한때가 떠올라 슬며시 웃음을 머금는 오후, 상아색 그림판을 올려다보며 진짜 나무와 진짜 나무가 데려다준 기억에 관해 한 문장 한 문장 이어가고 있다. 기억이 글이 되는 이 시간은 평화가 함께하는 시간이다.

마음 쓰기 연습 ㊸

―― 산책자의 기분으로 당신의 집에 있는 물건들을 하나하나 둘러보세요. 지나간 어느 날의 이야기나 그날의 풍경을 떠올리게 하는 주인공들이 눈에 띌 겁니다. 어떤 물건들이 먼저 눈에 들어오나요? 그중 좋은 느낌으로 기억을 환기시키는 것을 하나 골라 그 물건에 관한 이야기를 글로 써보세요.

돈 없이도
가질 수 있는 것들

어느 날 갑자기 남편과 단둘이 강원도 봉평으로 귀촌한 친구가 있다. 시외버스 터미널이 있는 읍내에서 자동차로 10분쯤 걸리는 '진짜' 시골 동네라고 했다. 바로 이웃한 집은 한 집뿐이고 주변엔 누렇게 흙이 드러난 땅밖에 없단다. 그나마 그 이웃집도 별장 용도라 주인 가족은 가끔씩만 볼 수 있다고 했다. 텃밭이 있는 작은 한옥을 짓고 이사한 게 12월, 멀리 황량한 겨울 산만 보이는 그곳에서 우울증이라도 생기지 않을까 걱정되었다.

겨울과 봄을 지나 여름, 다른 친구 한 명과 함께 말로만 듣던 귀촌의 실상을 보러 봉평으로 찾아갔다. "그럭저럭 살기 괜찮다"는 말을 반신반의하다 마침내 두 눈으로 확인하게 된 것이다. 터미널로 마중 나온 친구의 사륜구동차를 타고 집에 도착했을 때, 사방으로 흰 꽃들이 흐드러지게 펼쳐진 들판에 눈이 멀 것 같았다. 때는 바야흐로 메밀꽃 필 무렵. 봉평은 이효석의 〈메밀꽃 필 무렵〉의 공간적 배경이 되었던 곳 아닌가. 그런데 알고 보니 메밀꽃이 아니라 감자꽃이었다. 메밀과 감자를 격년으로 재배하는데 그 해는 감자 농사의 해였던 것이다. 감자꽃이 이렇게 눈부셨던가? 어쨌든 나는 부러움을 가득 담아 말했다. "야! 이 풍경 다 네 거네!"

하지만 나라고 공짜로 누리는 내 것이 없겠는가. 아파트 복도에 서면 높은 건물 없이 탁 트인 시야와 그 끝에서 펼쳐지는 수려한 산과 드넓은 하늘, 맨발로 걸을 수도 있는 집 바로 옆의 흙길 산책로, 시간만 있으면 언제라도 모험을 즐길 수 있는 세상의 골목들, 가장 순결한 바람의 스킨십, 가끔은 고독한 판타지에 사로잡히게 하는 안개비와 3월의 눈, 모두에게 공평한 하루 3분의 1 분량의 휴식 달콤함 잠, 맛이란 맛은 다 보며 가는 인생…….

시를 좀 읽는다는 사람들에게 인기 있는 외국 시인으로 '시단의 모차르트'라 불리는 폴란드의 대표 시인 비스와바 쉼보르스카 Wisława Szymborska가 있다. 소박하고 진솔한 시어로 인간과 인생에 관해 깊은 사색과 통찰을 보여주는 시들은 곳곳에 밑줄을 그으며 빠져들게 한다. 시인의 주옥같은 시 중 〈여기〉는 갖지 못한 것에 대한 욕망이 자라날 때 읽으면 "아!" 감탄사가 나올 것이다. "내 말 좀 들어봐요" 귀를 잡아당겨 소곤대는 한마디 한마디에 노시인의 맑은 사유가 엿보인다.

> 이 땅 위에서의 삶은 꽤나 저렴해.
> 예를 들어 넌 꿈을 꾸는 데 한 푼도 지불하지 않지.
> 환상의 경우는 잃고 난 뒤에야 비로소 대가를 치르고,
> 육신을 소유하는 건 육신의 노화로 갚아나가고 있어.
>
> 그것만으로는 아직도 부족한지
> 너는 표 값도 지불하지 않고, 행성의 회전목마를 탄 채 빙글빙글 돌고 있어,
> 그리고 회전목마와 더불어 은하계의 눈보라에 무임승차를 해.
> 그렇게 정신없이 시간이 흐르는 동안
> 여기 지구에서는 그 무엇도 작은 흔들림조차 허용되지 않아.
>   - 비스와바 쉼보르스카, 〈여기〉 중에서

내가 가진 것이 만족스럽지 못할 때, 더 좋은 것을 소유할 조건

이 주어지지 않아 속상할 때, 아무래도 세상이 불공평한 것 같을 때는 한 푼도 지불하지 않고 가질 수 있는 것들의 목록을 적어본다. 그러면 큰돈을 가진 것보다, 물질적 호사를 부리는 것보다, 머리에 왕관 같은 명예를 얹고 있는 것보다 더 알찬 충만함이 느껴진다.

마음 쓰기 연습 ㊹

─── 당신이 한 푼도 지불하지 않고 누릴 수 있는 것들, 또는 아주 저렴하게 누릴 수 있는 것들을 되도록 많이 수집해 글로 써보세요.

평화로웠던 그 시간을 붙잡아두기

비 내리는 주말, 친구가 김밥을 싸 가지고 놀러 왔다. 매 주말마다 "우리 지금 만나, 당장 만나" 해도 좋을 친구지만 살짝 걱정이 되었다. 잿빛 하늘처럼 무겁게 내려앉은 내 기분이 드러나 '친구와 김밥 먹는 날'을 칙칙하게 만들까 봐서였다. 무거운 생각들로 컨디션 난조를 겪던 중이었다. 다행히 나는 친구가 눈치채지 못할 만큼 어두운 기분을 컨트롤을 할 수 있었고, 창밖의 비 오는 풍경을 배경으로 실내 소풍을 즐기며 빗소리와 어울리는 리듬으로 보슬보슬 대화를 나누었다. 그러다 이심전심 마음이 통해 한 시간 반가량 집 옆 샛강을 따라 우중산책을 했다. 제법 부는 바람에 옷이 흠뻑 젖은 친구가 말했다. "너랑 이렇게 시간을 보내고 나면 다음 한 주는 마음이 편안한 것 같아." 나는 더 이상 기분 관리를 하지 않아도 되었다. 그 말에 마술처럼 평화가 찾아왔으니까.

 써야 할 원고, 처리해야 할 일이 몰려 시간을 빚내고 싶을 만큼 쫓기던 날. 엄마가 우리 집 근처 전통시장에 장을 보러 온다며 점심 외식을 하자고 했다. 예전 같으면 "바쁘니 다음에"라고 했겠지만 "어서 와" 하고 말았다. 부모님께 다른 건 못 해드려도 짬짬이 시간은 내보자, 결심한 지 두 달이 채 안 되었을 때였다. 얼마 전 개업한 멸치국수 집에서 소박한 식사를 하고 나와 "들어가 일해라" 하는 엄마에게 "커피 한잔할까?" 했다. 마침 카페 앞을 지나고 있었고, 30분도 안 되는 식사 후 바로 "잘 가" 하기가 민망했다.

 티타임 제안에 엄마는 오월의 햇살보다 환히 웃었다. 카페 야외 테이블에 앉아 그리 살갑지 않은 딸과 함께하며 꽤나 행복해하는 엄마를 보면서, 내 시간을 빼앗지 않으려 서둘러 가려 했구나 알아차렸다. 나는 바람에 따라 흔들리는 가로수 나뭇잎들의 초록빛 반짝임을 붙잡으려 애썼다. 엄마를 보내고 집으로 들어와 이날의 짧은 한낮에 대해 썼다.

원고 몇 장 쓰는 두 시간보다 엄마와 보낸 두 시간이 더 값비싸지. 그래서 난 지금 모처럼 느긋할 수 있지. 너무나도 평범했던 오늘, 모녀의 멸치국수 외식과 티타임이 깨끗하고 예쁘게 기억될 거야. 잔잔한 가족영화의 한 장면처럼. 그래, 오늘은 nice day, peace day다.

가로수 나뭇잎들의 초록빛 반짝임을 붙잡으려 했던 것처럼, 마음의 평화를 붙잡아두기 위한 글이었다. 원고는 몇 자 못 썼지만 그날 나는 잠들기 전까지 평화로웠다.

마음 쓰기 연습 ㊺

—— 누군가와 함께했던 평화로운 시간 혹은 특별한 시간이 지워지지 않도록, 그때의 기억과 느낌을 글로 써서 붙잡아두세요.

코로나 블루를 견디게 하는 클래식블루의 느낌들

코로나19 팬데믹이 이어지면서 우울감을 느낀다는 사람들이 많아졌다. 이른바 '코로나 블루'라는 질병 아닌 질병이 유행인 듯하다. '코로나19'와 우울의 색채로 알려진 '블루'가 합해져 생긴 조어다. 코로나19로 인한 우울감. 일자리를 잃었거나 수입이 줄어든 데다 자유롭게 외출을 할 수도 없고 사람을 만나기도 쉽지 않다 보니, 우울하고 무기력하고 집중력이 저하되는 등의 감정 변화가 나타날 수밖에 없는 것이다. 늘 혼자 작업하고 혼자 노는 데 익숙한 나도 답답증이 생길 정도니 활동파들은 얼마나 견디기 힘들까.

파란색, '블루'가 가져오는 심리에 대해 관심도 많아진 것 같다. 어둡고 무겁고 슬픈 정서의 음악 '블루스'는 우울을 상징하는 색 '블루'에서 나왔다는 설이 있고, 피카소는 그의 '청색시대'에 우울하고 차가운 현실을 푸른 계열의 색깔로 미친 듯 그려냈다. 영어로 "I feel blue"라고 하면 "나 우울해"라는 뜻이다. 그런데 파란색은 이렇게 우울과 차가움, 슬픔이라는 정서만 가지고 있을까?

색채심리학에서는 블루 컬러가 차분함과 편안함을 주는 색으로 인정받고 있다. 빨간색 방과 파란색 방에 사람들을 나누어 들어가게 한 뒤 20분이 흘렀다고 생각될 때 나오도록 했더니, 빨간색 방의 사람들이 산만하고 불안해져 일찍 나온 반면 파란색 방의 사람들은 더 오랜 시간 여유 있게 머물렀다는 실험 결과도 있다. 아이들 방 인테리어에 푸른색 계열의 벽지를 선호하는 것도 그 때문이다.

세계적인 색채연구소 팬톤PANTONE은 2020 올해의 색으로 '클래식블루'라는 색을 선정했다. 코발트블루, 네이비블루, 스카이블루 등 많은 종류의 블루 중 클래식블루는 이른 저녁의 푸르스름한 하늘을 연상케 하는데, 색감이 차분하고 안정적이어서 명상적인 평온함을 준다고 한다. 코로나19로 불안과 공포와 우울의 시간이 길어지고 있는 지금, 우리에게 필요한 것이 무엇인지를 '클래식블루'로 말해주는 것 같다. 나에게 클래식블루처럼 침착함과 편안한 안도감을 주는 일은 무엇일까?

서늘해진 가을바람에 잔잔하고 고요한 은빛 파문을 만들어내는 샛강. 그 곁을 걸을 때, 부드럽게 하프를 훑어 내리는 소리가 들리는 듯했다. 나는 아무 걱정도 하지 않았다.

세탁기에서 꺼낸 모직 체크 담요를 베란다 창 앞 의자 두 개에 걸쳐 널었더니 근사한 소파처럼 보인다. 사회적기업 굿윌스토어에서 정말 착한 가격에 구입한 꽤 괜찮은 담요다. 그대로 놔두고 클래식한 소파 느낌을 한동안 즐겨보기로 한다. 차 한 잔을 들고 근사한 소파에 앉아 가을 햇빛을 즐긴다. 돈을 들이지 않아도 얼마든지 우아를 떨 수 있구나!

엄마와 커다란 원형 산책로가 있는 공원을 산책하다. 키 높은 나무들이 양쪽으로 도열한 좁다란 길을 두 바퀴 돌며 이런 얘기 저런 얘기 나눌 때, 부드러운 바람결이 평화로운 배경음악처럼 엄마와 나 사이에 찰랑거리던…… 이렇게 평범한 날이 귀하다.

요 며칠 노트에 적었던 클래식블루의 느낌들이다. 그냥 지나치곤 해서 그렇지, 생각을 한번 시작하면 클래식블루의 평화는 줄줄이 따라 나온다.

마음 쓰기 연습 ㊻

―― 요즘 당신에게 클래식블루의 안정감과 평화로움, 차분한 명상의 시간을 주었던 일, 사람, 사물은 무엇인가요? 다섯 가지만 떠올려 글로 써보세요.

나를 기분 좋게 하는 말
수집하기

'_____,'

여러 개의 TV 방송 채널 중 나는 EBS를 특히 좋아한다. 인문학의 보고라는 생각이 들 만큼 영양 만점의 콘텐츠들이 가득하기 때문이다. 하여 자주는 아니지만 리모컨을 들고 별 목적 없이 EBS를 한 번씩 들러볼 때가 있다. 며칠 전 밤 12시가 넘어 TV를 켜고 EBS로 채널을 돌렸을 때였다. 화면 전체를 차지한 채 아궁이의 장작불이 타닥타닥 타오르고 있었다. 그런데 다음 컷으로 넘어가지 않고 카메라가 그대로 장작불에 고정돼 있는 것이다. 화면 꼭대기의 타이틀이 눈에 들어왔다. '가만히 10분 멍TV.' 와! 신선하다.

상체를 앞으로 기울이고는 조용히 타오르는 장작불을 바라보기 시작했다. 화면이 사라질 때까지 꼼짝도 하지 않았다. 아주 긴 시간인 듯 10분이 흘렀을 때, 잡다한 것들이 들어차 복잡했던 머릿속 가슴속이 조금 비워진 것 같았다. 하지만 10분간 타오르던 장작불 때문만은 아니었다. '가만히 10분 멍TV'라는 타이틀을 보는 순간 이미 내 마음에 여백이 만들어지는 것 같았다. 10분을 멍 때리고 가만히 있기. 9년 전 인도 바라나시의 갠지스강 강가에서 하염없이 멍 때리고 있었던 이후로 한 번도 해보지 않은 일이었다.

'가만히 10분 멍TV'는 방송된 지 한 달도 되지 않은 신설 프로그램이었다. '가만히'와 '10'분과 '멍'과 'TV'의 조합, 이 멋진 아이디어로 기발한 제목을 뽑은 제작진에게 인사라도 하고 싶었다. 가만히 10분 멍TV, 얼마나 여유롭고 기분이 좋아지는 말인가. 그렇듯 나를 기분 좋게 하는 말들을 찾아보고 싶어 떠오르는 대로 하나씩 적어보았다.

세상의 모든 나무, 집 바로 옆 샛강을 따라 피고 지는 꽃들, 내가 그린 색연필 그림, "같이 해", "네 방 예쁘다", 비 오는 날의 우중산책, 작은 영화관 에무시네마와 씨네큐브광화문, 트리플래닛에서 보내주는 반려 식물 이야기, "내 생각도 너랑 같아", 얼굴이 환히 펴지며 커다랗

게 입만 벌어지는 아버지의 무음 웃음, 빵 터지는 엄마의 웃음, 하늘과 바람과 별과 시, "만나서 걷자", 아침 7시 잠결에 듣는 라디오 시사 프로그램, 화요일 오전 11시 'KBS 음악실'의 살롱 드 피아노-보이스 라디오, 토요일 밤 맥주 마시며 보는 EBS '세계의 명화', BTS, BTS의 뷔와 진, 〈Epiphany〉와 〈풍경〉, 시규어 로스$^{Sigur\ Rós}$와 힌디 자흐라$^{Hindi\ Zahra}$의 곡들, 여행지 루앙프라방과 이스탄불과 바르셀로나와 아바나, 제주도와 만리포 수목원과 동해안 해안도로, 잉글리시 브렉퍼스트를 흉내 낸 아침식사, 드립커피를 만들어 사과파이와 함께 먹을 때, 시내버스 전광판의 '곧 도착: 146'…….

나를 기분 좋게 하는 것들이 이렇게 많았나? 한밤이 상쾌해졌다. 마음속에 먹구름이 낄 때, 갑작스레 만사 의욕이 뚝 떨어질 때 해볼 만한 일-나를 기분 좋게 하는 말들을 찾아 나서기. 놀이처럼 해봐도 좋지 않을까.

마음 쓰기 연습 ㊼

—— 당신을 기분 좋게 하는 말들을 떠오르는 대로 하나씩 적어나가 보세요. 그리고 이후에 새롭게 생각나는 것들이 있으면 그때그때 추

가하고 처음부터 읽어보세요. 컨디션이 저조한 상태라면 한결 나아지는 걸 느끼게 될 겁니다.

쿠바 여행 노트가
보여준 마술

예전에 썼던 일기나 메모를 보면 '내가 이랬나?' 새삼스러울 때가 있다. 시간은 인지적 망각과 함께 감정적 망각도 가져와 슬펐던 일도 기뻤던 일도 차츰 그 느낌이 둔화되기 때문이다. 그러다 조금씩 기억의 밀도가 높아지면 당시의 감정이 슬슬 되살아난다. 때로는 아프게 때로는 행복하게.

나는 여행할 때 하루하루를 충실히 기록하는 편이다. 먼 곳으로의 여행일 경우 더 그렇다. 잡다한 일상으로부터 훌쩍 벗어나 자유로이 열린 상태에서 만나는 일들을 그냥 흘려보낼 수 없기 때문이다. 많이 걷는 여행을 좋아하기에 밤엔 거의 그로기가 되지만 빠짐없이 그날 하루를 글로 남긴다. 문장에 신경 쓰지 않고 생각나는 대로, 느끼는 대로 쭉쭉 이어간다. 문장에 공을 들이면 꾸벅꾸벅 졸다 삐친 펜 자국을 따라 꿈나라로 가야 하니까. 그렇게 쓴 여행 일기는 기억의 숲 한쪽에 근사한 동산을 이룬다. 가끔 찾아가 베스트 기억 나무에 기대면 행복 호르몬 세로토닌이 솟아 기분이 환히 밝아진다.

이 글을 쓰는 동안 2017년 겨울 쿠바 여행 노트를 펼쳤다. 아주 사소했던 아침이 가장 먼저 얼굴을 내민다. 그날 쓴 글을 옮겨본다.

밤새 비바람이 불더니, 방파제 너머 카리브해는 먹구름을 잔뜩 인 채 거칠게 몸을 뒤챈다. 아파트 11층 숙소에서 코앞으로 내려다보이는 말레콘 방파제와 카리브해는 날씨와 상관없이 나를 압도한다. 테라스에서 일하던 주인 할아버지가 장난꾸러기처럼 윙크하며 아침 인사를 건넨다. 부에노스 디아스! 나도 부에노스 디아스!

마갈리 할머니가 차려준 푸짐한 아침 식탁이 마음에 든다. 큼직하게 뚝뚝 자른 파파야와 파인애플, 과야바 주스 한 병, 적어도 달걀 두세 개는 들어갔을 커다란 달걀부침, 방금 오븐에서 꺼낸 큼직한 빵 두 개, 버터와 치즈와 햄, 보온병에 가득한 에스프레소, 그리고 따뜻한 물. 메인 요리랄 건 없지만 양이 충분해 만족스럽다. 숙박비 하루 5쿡을 깎지 않았다면 랍스터라도 등장했겠지만 이 정도만으로도 오케이. 빵 하나는 반으로 갈라 속을 채워놓았다. 걸어 다니다 배고플 때 먹을 양식이다.

할머니에게 인사동에서 사 간 전통 문양 컵 받침을 드렸다. 어제 입주할 때 사 들고 온 장미가 식탁에서 활짝 피었다. 크리스탈 유리병에 담겨 더욱 예쁘다. 할머니는 나를 끌어안고 입으로 쭙쭙 소리를 내며 뺨을 부비신다. 할머니~

한 줄 한 줄 읽으며 옮겨 적는 동안 마갈리 할머니의 품에 안긴 듯 푸근함을 느낀다. 나는 잠깐 쿠바 아바나로 가 있다. 마갈리 할머니네 묵을 때 매일 보았던 말레콘과 카리브해가 가까이 있다. 글이 보여주는 마술이다.

마음 쓰기 연습 ㊽

꼭 여행에 관한 것이 아니어도 좋고 특별했던 일이 아니어도 좋습니다. '아, 그때 정말 행복했지' 미소 짓게 하는 기억을 찾아내 글로 써보세요. 자음과 모음이 만나 글이 되는 동안, 다시 심장이 뛰고 후훗 입꼬리가 올라갈 것입니다. '나는 언제 행복을 느꼈지?' 길게 생각할 필요는 없습니다. 그렇게 질문하고 처음 떠오르는 일을 쓰기 시작하면 됩니다. 당장 떠오르지 않으면 조금 기다려보세요. 기억의 저장소인 뇌에서 고개를 쑥 내미는 기억이 있을 겁니다.

── 당신은 지금 인생에 가장 행복했던 과거의 어느 시간으로 순간이동을 했습니다. 당신 눈앞에 더없이 해피했던 그날의 일이 펼쳐집니다. 그때의 감정들이 새록새록 오감으로 느껴집니다. 그날 그때의 장면과 감정들에 대해 재생되는 모든 것들을 써보세요.

나를
행복하게 하는 것들

'
_____
_____
_____
_____
,

머리 아플 때 먹는 두통약처럼, 시달리는 마음을 당장 달래볼 수 있는 방법이 있다. 종이를 한 장 펼치고 '나를 행복하게 하는 것들'을 생각나는 대로 나열해보는 것이다. 평생에 한두 번 있을 특별한 행복보다는 들추기만 하면 곳곳에서 나올 아주 사소한 행복들을 펼쳐본다. 무엇보다 찾아내기가 쉽고, 시끄러운 마음을 다독이고 싶다면 행복의 가짓수가 아기자기 많을수록 좋으니까. 단어, 몇 개의 낱말로 이루어진 구, 하나의 문장, 몇 문장으로 된 짧은 글 등 어떤 형태든 상관없다. 떠오르는 대로 쭉 이어나가면 된다. 바로 이런 식으로.

나를 행복하게 하는 것들♩♪♬

큰맘 먹고 시작한 대청소를 막 끝냈을 때 / 오늘 아침 만난 이웃의 칭찬 "모자가 참 잘 어울려요." / 유튜브 알고리즘이 찾아준 아티스트 로널드 모리스 / 햇빛 쏟아지는 날 아이스크림 먹으며 걷기 / 친구와 만나 드라이브하고 밥 먹고 커피 마시고 또 커피 마시며 이야기하기 / 제주도 가족여행-투명한 햇살에 반짝거리던 에메랄드빛 바다와 새파란 하늘, 오름에서 바라본 둥그런 들판과 청결한 바람 냄새, 해녀가 건져 올린 전복 한 바구니를 사다 특식의 식탁을 차렸던 이른 아침, 평화로웠던 그 3월 / 모든 계절의 모든 나무 / 동생이 나를 부르는 소리 "언니~" / J출판사에서 보내온 신간 증정본과 신선한 기획의 잡지 / 일곱 번째 '도요새 편지'에서 만난 《시몬느 베이유 불꽃의 여자》, 20대에 내가 처음 빠져들었던 여성 시몬느 베이유 / 작가 K가 선물해준 BTS 뷔 인형 옷을 갈아입힘 / 나름 창의적으로 꾸민 내 방을 둘러볼 때 ……

나를 행복하게 하는 것들이 길게 이어져 나갈 때, 허브 향이 번져나가는 것 같은 편안함이 지친 마음을 다독일 것이다. 좋은 그림을 보고 좋은 음악을 들을 때 힐링이 되듯, 행복의 느낌을 담은 낱말들과 짧은 문장들도 탁해진 마음을 순화시키고 기분 전환을 하게 한다. 단 몇 분 만에.

마음쓰기 연습 ㊼

── 당신을 행복하게 하는 것은 무엇인가요? 무엇을 할 때 행복한가요? 당신의 작고 소박한 행복들을 생각나는 대로 길게 이어가보세요.

알약보다 더 확실했던 《어린 왕자》의 문장들

내가 '작가'라는 타이틀을 얻은 것은 소설 공부와 습작을 시작한 지 꼭 3년 만이었다. 낙방을 거듭하며 10년 넘게 공모전에 원고를 보내는 작가 지망생들에 비하면 빠른 등단이었고, 나이로 보자면 꽤나 늦은 등단이었다. 긴 사회생활을 하다 예술대학에 들어간 게 서른일곱 살 때였으니까.

관문 통과. 큰 과업을 이룬 것 같은 '등단 자축'의 시기는 마라톤 선수가 42.195킬로미터 완주 후 피니시 라인 테이프에 감겨 관중석을 향해 두 손을 흔드는 시간만큼이나 짧았다. 몇 년째 경제활동을 하지 않은 늦깎이 신인 작가에겐 낙관에 찬 기대는 한 줌뿐, 걱정거리가 더 많았다. 특별히 돋보이거나 어떤 이유로든 특별히 눈에 띄지 않으면 원고 청탁을 받기가 어려운 문단 환경과 '돈을 벌어야 한다'는 압박감에 늘 온몸에 힘이 들어가 있었고, 남보다 두 배는 써야 한다는 강박으로 소설 쓰는 동료들 외엔 사람들을 잘 만나지도 않는 자발적 왕따 상태가 지속되었다. 전화번호를 바꾸고 변경 안내 서비스를 신청하지 않아 많은 사람들과 오랫동안 연락이 끊긴 채 지내기도 했다. 의도한 것은 아니지만 그렇게 나는 몹쓸 인간이 돼가고 있었다.

그러다 연예인들의 직업병처럼 돼 있는 공황장애를 일 년 가까이 겪기도 했다. 두통, 소화불량, 위염, 체력 저하, 가슴 통증, 비정상적인 심장박동 등이 번갈아 나타나고 느닷없이 죽을 것 같은 공포에 시달리는 암울한 시간이었다. 가족을 빼곤 친한 친구들에게도 이런 사실을 알리지 않았다. 아니, 당황스럽고 느닷없는 상황에 대해 어떤 해석도 내리지 못한 채 혼자 고립돼 있었다.

스터디 모임에서 호흡 곤란을 일으켜 병원 응급실에 실려 갔다가 '아무 이상 없음' 진단을 받고 며칠 시체처럼 누웠다 일어난 날이었다. 책을 빌리러 도서관에 갔다가 까맣게 잊고 있던 그를 만났다. 어린 왕자. 어문학실 서가에 꽂힌 《어린 왕자》를 빼들고 다른 책들과 함께 빌려 집으로 돌아왔다. 즉흥적으로 책을 고르는 습관이 작용했는지, 아름다운 철학적 우화에 대한 향수가 갑작스레 피어올랐는지는 알 수 없다.

따뜻하게 저녁밥을 지어 먹고는 침대에 앉아 《어린 왕자》를 읽기 시작했다. 그러다 잠시 책을 엎어놓고 연필과 노트를 들고 왔다. 양을 그려 달라고 조르는 어린 왕자와 '나'의 대화 부분에서였다. 둘이 주고받는 말을 한 줄 한 줄 베껴 쓰기 시작했다.

저기, 양 한 마리만 그려주세요. / 뭐? / 양 한 마리만 그려주세요. / 그런데 여기서 뭐 하는 거야? / 괜찮다면 양 좀 그려주세요. / …… / 이건 상자야. 네가 부탁한 양이 안에 있어. / 아, 이게 바로 내가 원하던 거예요. 그런데 이 양이 풀을 많이 먹어야 할 것 같아요? / 왜? / 내가 사는 곳은 아주 작아서……. / 아마 충분할 거야. 내가 그려준 양은 아주 작은 양이거든. / 그렇게 작지 않은데…… 어! 잠이 들었어…….

이 물건은 뭐예요? / 이건 그냥 물건이 아니야. 날아다니는 거야. 비행기. 내 비행기. / 뭐야! 아저씨가 하늘에서 떨어졌다고요? / 그래. / 와! 재밌다. / …… / 그러니까 아저씨도 하늘에서 온 거죠? 어느 별에서 왔어요?

《어린 왕자》와 내 상황 사이에 어떠한 연결고리도 없이 따끔따끔 목이 아파왔다. 필사를 이어가며 어떤 느낌이 뜨겁게 차올랐다. 황량한 사막을 헤매다 풀 꽃 수목으로 가득한 아름다운 정원을 발견한 것 같은……. 명료하게 잡히는 느낌은 아니었지만 잃어버린 것들, 내팽개쳤던 것들에 대한 그리움이 아니었나 싶다. 나를 이루는 한 섹터의 마력에 매몰돼 다른 섹터들은 함부로 방치하다 철저히 균형이 깨졌다는 자각이었을 것이다. 그때 타임리프로 시간여행을 와 나에게 한 말씀 해주실 어린 왕자가 있었다면 영화 〈곡성〉의 명대사를 인용했을지도 모른다. "뭣이 중헌디!"

《어린 왕자》의 대화문을 다 베껴 쓰고도 공황장애는 계속되었지만 조금은 달라져 있었다. 결국 나의 최종 구원자는 의사도, 상담사도 아니었다. 스스로 사막에 불시착한 나 자신이었다. 약의 도움을 받고 있었지만 약보다 중요한 건 잃어버린 일상, 잃어버린 관계를 찾는 일이었다. 《어린 왕자》 필사로 꼭꼭 씹어 먹은 말들이 알약보다 더 확실한 약이 되었을 것이다. 오래 연락을 못 했던 친구에게 전화를 했던 날, 그녀는 경찰청을 찾아가 '실종어른 찾기'를 해보려 했다며 나를 울리고 웃겼다. 스스로 실종되었다가 내가 있었던 한 곳으로 돌아왔을 때의 가슴 벅참이었다. 나를 데려다준 것은 내가 베낀 순수의 문장들이었다.

필사는 단순한 작업이지만 그로부터 얻는 이득은 적지 않다. 좋은 문장이 내면에 스며들 때의 충족감과 빈 노트를 손 글씨로 채우면서 느끼는 뿌듯함은 필사에 들인 노력 이상이다. 필사가 마음 치유에 좋다는 것은 의학적으로도 인정받고 있다. 글을 쓰는 행위 자체가 언어 기능을 관장하는 전두엽, 두정엽 등을 활성화시키고 감정을 정화시키는 기능을 하며, 그런 이유로 정신건강의학과 전문의들이 정신장애 환자 보조 치료법으로 필사를 사용하는 경우도 있다고 한다.

정성을 다한 필사는 내 의식을 잡다함으로부터 몰입의 상태로 고양시킨다. 몰입은 행복의 상태이기도 하다. 어떤 일에 깊이 빠져 시간도 공간도 사람도 잊는 순간이야말로 마음이 가장 안정되고 평화로운 때가 아닐까. 게다가 '쓴다'는 것은 의식의 변화를 가져오는 효과적인 방법이기도 하다. 문장에 담긴 의미와 감성, 상상력과 관점이 의식을 자극해 새로운 에너지를 생성하고 삶의 태도를 달리하려는 의지까지도 이끌어낼 수 있다.

우선 책을 읽다가 그때그때 꽂히는 문장을 노트에 적는 일부터 시작해볼 수 있다. 그다음 필사 도서를 한 권 정해 매일 조금씩 베껴 나가는 것이다. 헐어 있는 마음에 새 살이 돋기를, 기운 빠진 일상에 활력 충전이 되기를 기대하면서.

마음 쓰기 연습 ㊿

가장 좋은 필사 도서는 자신의 굳어 있는 마음을 말랑말랑 부드럽게 해주는 책, 메마른 가슴을 촉촉이 적셔주는 책, 아픔을 어루만져주는 책, 잡다한 정신을 간결하게 정돈해주는 책일 겁니다. 통으로 필사하기가 힘들다면 챕터를 골라 필사해도 괜찮습니다.
적당한 책이 당장 떠오르지 않는다면 양질의 서평이나 리뷰를 찾아보세요. 손 글씨로 옮겨보고 싶은 책이 반드시 나타날 겁니다.

―― 먼저 마음에 꼭 드는 공책과 연필을 준비하세요. 그다음 당신의 결핍된 부분과 채우고 싶은 것들을 담고 있는 책, 당신을 좀 더 나은 사람으로 만들어줄 것 같은 책을 골라 필사를 시작해보세요.

9장 일상

오늘 나에게
일어날 작은 기적들

기분 좋은 일요일 아침입니다

일주일에 두 번 정도 방문하는 인터넷 커뮤니티가 있다. 각종 정보나 자료의 게시·공유와 100개 이상의 소모임 활동이 이루어지는 제법 큰 웹사이트다. 나는 주로 커뮤니티 전체에서 추천을 많이 받은 글들만 모아놓은 방으로 들어가 눈에 띄는 제목을 골라 클릭해 읽곤 한다.

이유도 없이 아침부터 기분이 눅눅하고 묵직하게 가라앉은 일요일, 몸까지 무거워 오전 11시가 되어서야 겨우 침대를 빠져나와 컴퓨터를 켰다. 15분가량 뉴스 검색을 하고 이 커뮤니티에 접속, 추천 글 방으로 들어가 띄엄띄엄 몇 개의 글을 골라 읽었다. 커뮤니티를 나가려는데 어느 제목 하나가 마우스 클릭 버튼을 누를까 말까 망설이게 했다. 웹사이트에서 타인의 사적인 얘기엔 관심을 갖지 않는 편인데, 일요일 아침 기분이 우울하다는 이유 하나로 그 제목을 클릭했다. '드물게 찾아오는 기분 좋은 일요일 아침입니다.'

조금 일찍 나도 모르게 잠들었는데, 빗소리에 자연스레 눈 떠보니 아침입니다.
창문엔 빗방울이 맺히고 있습니다. 저 멀리 흐린 뒷산을 멍하니 10분 정도 바라보다 일어나니 간만에 몸이 개운합니다.
간밤 부엌에 세팅해놓은 더치커피도 다 내려왔습니다. 커피 물 투입 속도 밸브를 조정하려다 깜박 잠든 거였는데, 그렇게 하지 않아도 다 되어 있으니 누가 해준 것 같은 느낌입니다.
비도 오고 커피도 있으니, 이제 냉장고에서 자투리 채소 끌어모아 부침개나 해 먹으렵니다.
모두 좋은 휴일 보내세요.

맑은 빗방울처럼 가슴을 톡톡 건드리는 글이었다. 대단한 이야기가 아니라서 더욱. 일요일 아침 조용한 손님처럼 창문을 두드리는 비와 수묵화로 번진 뒷산, 밤새 한 방울 한 방울 떨어져 고인 커피……. 이 정도로도 기분 좋은 아침이라니 얼마나 욕심 없는 행복감인가. 게다가 모두가 좋은 휴일을 보내길 바라는 마음씀이라니. '드물게 찾아오는' 기분 좋은 일요일 아침이라고 한 것을 보면, 이 글을 올린 사람은 작고 검소한 행복을 발굴하려 그 아침 애썼을지도 모를 일이다.

나도 눅눅하고 묵직하게 내려앉은 기분을 띄우려 소소한 행복의 소재 발굴에 나서보았다. 지난밤 매직 스펀지로 깨끗이 닦은 방바닥, 새로 깐 멋쟁이 그레이 컬러의 침대 패드, 일요일 간단한 첫 식사로 나를 기다리고 있는 통밀빵과 밀크티, 피식 웃음이 나는 지코의 〈아무 노래〉……. 그래, 이 정도로도 최소한 'not bad'는 되는 것 같았다.

마음 쓰기 연습 (51)

— 가라앉은 기분이 좀처럼 나아지지 않는 날인가요? 하루를 가볍게 시작하고 싶은가요? 오감을 살려 작은 행복의 이유가 되어줄 소박한 재료들을 찾아내 소곤소곤 이야기하듯 써보세요.

'내가 만드는 행복' 레시피

"지금 행복하세요?"

누군가 이렇게 물을 때, 주저 없이 "물론!" 하고 대답할 수 있는 순간은 일주일에 몇 번이나 될까? 행복의 기준이 무엇인지에 따라 다르겠지만 일상적으로 "나 지금 행복해"라고 말하거나 그렇게 생각하는 사람은 흔치 않은 것 같다. 어쩌면 추억의 나라, 밤의 궁전, 달밤의 묘지로 행복의 파랑새를 찾으러 다니는 틸틸과 미틸처럼 행복은 멀리 있다고 믿기 때문인지도 모른다. 실은 자신의 새장에, 바로 가까이에 있는 걸 모르고서.

법정 스님은 '행복은 밖에서 오지 않는다. 행복은 우리들 마음속에서 우러난다'고 했다. 행복은 외부로부터 얻어지는 게 아니라 마음속에서 만들어내는 것이라는 말이다. 틸틸과 미틸이 파랑새를 바로 옆 새장 속에서 찾았던 것처럼. 법정 스님의 행복론에 따라 '내가 만드는 행복'의 레시피를 창조해보면 어떨까. 행복의 주제를 정하고, 행복의 재료를 구하고, 내 앞에 차려질 행복의 레시피를 만드는 것이다.

거창하고 복잡한 것보다는 쉽게 할 수 있는 초간단 레시피를 추천한다. 마음의 눈만 뜬다면 아주 단순한 형태의 행복이 짠! 하고 모습을 드러낼 것이다. 그렇게 만든 레시피가 몇 개만 되어도 누군가 "지금 행복하세요?"라고 물을 때 일주일에 두세 번쯤은 "네!"라고 말할 수 있지 않을까. 이런 행복 레시피는 어떨까?

행복 메뉴: 만판 쉬는 주말 1, 2, 3

레시피1

- 재료: 충분한 잠, 느림의 속도, FM 라디오, 반려동물 또는 반려식물, 커피+토스트
- 행복 요리법:
  ① 햇빛이 나른하게 퍼질 때까지 자고 일어나 평소 동작의 0.5배속으로 느릿느릿 움직인다. 모든 걱정은 일단 꺼두기.

② FM 라디오를 켜고 취향에 따라 주파수를 맞춘 다음 반려동물 또는 반려 식물과 논다(FM 라디오는 쉬는 시간을 보내기엔 제격이고 의외로 꽤 재밌다. 식물의 성장을 관찰하고 물을 주고 이파리를 만지는 일도 그 자체로 힐링이 된다).

③ 커피와 토스트로 간단히 아침을 때운다(토스터에서 틱 소리와 함께 튀어 오르는 식빵의 경쾌함이란!) 게스트하우스에서 간편한 조식을 하는 기분으로 바삭바삭 구워진 토스트를 손수 내린 드립커피(달달한 커피믹스도 OK)와 함께 먹는다. 아쉬우면 계란프라이 추가.

레시피2

- 재료: 무념무상 30분 산책, ㅉ파게티+ㄴ구리+쇠고기+간식 쇼핑, 짜파구리, 순정만화, 발라드 풍 음악
- 행복 요리법:

① 가장 편한 복장으로 집을 나서 할 일이라곤 산책밖에 없는 것처럼 동네를 어슬렁어슬렁 걸어다닌다(반려 강아지가 있다면 당연히 함께).

② 마트에 들러 매장의 식품들을 구경하고 'ㅉ파게티'와 'ㄴ구리', 쇠고기, 좋아하는 간식거리를 산다(마트 구경은 백화점 구경보다 열 배는 흥미롭다).

③ 집에 와 짜파구리를 뚝딱 끓여먹고 설거지는 뒤로 미룬다.

④ 웹툰에서 추천 순정만화를 찾아 간식을 씹으며 휙휙 넘겨본다. 소프트한 감성 발라드 음악을 배경으로 깔면 금상첨화.

레시피3
- 재료: 동네 맛집, 로드무비, 맥주 1캔, 여유 유지
- 행복 요리법:

① 동네 단골 맛집에서 든든히 저녁식사를 한다.

② 미뤄둔 설거지와 최소한의 청소를 하고 개운하게 샤워를 한다.

③ N플릭스에서 찾은 로드무비 감상 돌입. 반쯤 누워 시원한 맥주를 마시며 영화를 따라 흥미진진한 여행을 한다(N플릭스 영화 대신 EBS '세계의 명화'나 '한국영화특선'도 강추).

Tip. 만판 쉬는 주말을 끝까지 즐기기 위해 다음날에 대한 조바심은 쫓아버리자.

행복 메뉴: 감사합니다

레시피
- 재료: '감사합니다', '좋은 하루 보내세요'라는 말, 선플 같은 덧붙

임 말, 활짝 웃음
- 행복 요리법: 하루의 소소한 일마다 치아가 보일 정도의 환한 웃음과 선플 같은 칭찬을 덧붙여 "감사합니다", "좋은 하루 보내세요"라고 말한다. 정말 초간단 레시피지만, 상대방과 '나' 둘 다 행복해지는 효과 만점의 방법이다.

마음 쓰기 연습 ㊾

──── 당신은 지금 '행복'이라는 이름의 요리를 하려고 합니다. 그 요리의 레시피를 작성해보세요.

일상에 힘이 되는
7가지 문장

'⎯⎯⎯⎯
⎯⎯⎯⎯
⎯⎯⎯⎯
⎯⎯⎯⎯,'

　인생 영화, 인생 사진, 인생 여행, 인생 명언 등 언제부턴가 '인생'을 수식어로 하여 만든 말들이 유행하게 되었다. 자신의 특별한 경험이나 발견, 결과물들에 대해 최고로 손꼽을 만한 것들을 이를 때 '인생'이란 말을 붙이는 것이다. 그중엔 '인생 문장'도 있다. 주로 동서양의 고전이나 명작 소설, 세계적 명사들이 남긴 명언들에서 찾아낸 주옥같은 문장일 것이다. 세상에 좋은 문장은 너무도 많기에 인생 문장이 바뀌거나 추가되기도 한다.

　인생 문장이라고 못 박지는 않지만 나에게도 나를 매료시키는 문장들이 있다. 최근 자주 되새기는 문장은 《그리스인 조르바》의 작가 니코스 카잔차키스가 직접 지었다는 묘비명이다. '나는 아무것도 바라지 않는다. 나는 아무것도 두려워하지 않는다. 나는 자유다I hope for nothing. I fear nothing. I am free.' 앞으로 살아갈 인생의 깃발처럼 여겨지는 문장이다. 무엇보다, 멋지다! 두려움을 낳는 욕망의 노예가 되기를 거부하고 자유롭게 사는 것. 기인 조르바처럼 거침없이 원하는 대로 삶을 즐기는 자유에 이르지는 못하겠지만, 니코스 카잔차키스의 호쾌한 묘비명은 그 비슷하게라도 살고 싶다는 바람을 갖게 한다.

하지만 인생 문장이 일상 전반에 힘이 되어줄 수는 없다. 인간사는 참으로 다양하고 복잡한 양태로 흘러가기 때문이다. 이런 방법을 생각해본다. 인생 문장으로 중심을 잡고, 일상사에 끼어드는 불안하고 어둡고 기를 꺾는 상황들에 도움이 될 만한 문장들을 주제별로 내 옆에 두는 것이다. 이를테면 '나의 일상에 힘이 되는 7가지 문장' 같은 것 말이다.

1. 하는 일이 잘 안 될 때: '현재의 노고가 최소한 다음에 할 일의 디딤돌은 된다.'
2. 남보다 뒤처지는 것 같아 조바심이 날 때: '나는 나만의 디테일을 살려 나만의 속도로 간다.'
3. 내 능력이 2퍼센트 부족함을 느낄 때: '둘 중 하나다. 첫째, 2퍼센

트 부족한 바로 그만큼이 나의 100퍼센트다. 둘째, 부족한 2퍼센트는 나를 도와줄 사람의 즐거움으로 놔두자.'

4. 인생의 방향을 못 잡고 헤맬 때: '헤매고 다니며 신발 뒤축이 닳은 만큼 내 인생의 근육은 튼튼해지리.'

5. 가난한 노후가 두려울 때: '삶의 스타일을 스몰 라이프로. 마음의 짐이 반은 줄어든다.'

6. 잘나가는 아무개에게 질투가 날 때: '질투는 인간의 격을 떨어뜨리는 오지랖. 질투의 힘을 아껴 나한테 쓰자.'

7. 번 아웃이 되었을 때: '빨간 불이 켜졌으면 일단 정지. 무조건 나만을 위한 시간을 갖기.'

일상이 대체로 행복하다면 세 가지만 만들 수도 있고, 일상이 대체로 고달프다면 10가지를 만들 수도 있을 것이다. 하루하루의 생활에 심상치 않은 경고등이 켜질 때, 자신이 만든 처방문 중 약이 될 만한 문장을 골라 하루에 세 번 꼭꼭 씹어볼 일이다.

마음 쓰기 연습 ㉝

── 당신의 일상을 무겁고 불안하고 기죽게 하는 상황들은 무엇인

가요? 각각의 상황별로 당신에게 힘이 되고 도움이 될 문장들을 만들어보세요.

3 good things a day

　북유럽 여행을 하고 돌아온 친구에게서 귀한 선물을 받았다. 에스토니아 탈린의 길드 공동체에서 사온 수제 가죽 공책이었다. 중세 문양이 들어간 진갈색 가죽 커버에 두껍고 거칠거칠한 내지가 예사롭지 않아 보였다. 그곳에 가면 비슷한 공책들이 줄줄이 놓여 있겠지만, 나에겐 세상에 딱 하나밖에 없는 공책인 양 특별해 보였다. 왠지 귀하게 써야 할 것 같아 한동안은 책상에 고이 모셔놓고만 있었다. 그러다 어느 날 머릿속에 신박한 타이틀이 하나 떠올랐다. 그래, 그걸 써보자! 3 good things a day.

　'3 good things a day'는 긍정심리학자 마틴 셀리그만의 실험에서 시작되었다. 그는 대학생들을 대상으로 좋았던 일 세 가지와 그 이유를 매일같이 글로 쓰게 했다. 어떤 일이 벌어졌을까? 일주일 후 학생들은 이전보다 2퍼센트 더 행복감을 느꼈고, 한 달 후에는 5퍼센트, 6개월 후에는 9퍼센트 더 행복하다고 느꼈다. 한 일이라곤 좋았던 일 세 가지 쓴 것밖에 없는데, 놀랍지 않은가?

그런데…… 그게 쉽지만은 않다는 건 수제 가죽 노트 두 페이지를 채우기도 전에 깨달았다. 좋았던 일이 생각만큼 없는 것이다. 세 가지를 찾아낸 날도 있지만 한두 가지를 겨우 생각해내곤 볼펜 꼭지만 씹다 억지 춘향으로 나머지를 끼워 맞추는 날도 있었다. 하지만 억지 춘향이야말로 '3 good things a day'를 위한 비법이란 걸 네 페이지쯤 채웠을 때 깨달았다. 하루를 꼼꼼히 뒤져 하나씩 찾아내다 보니 좋은 일을 찾는 감각이 생기기 시작했다.

'좋은 일'은 좋은 것을 찾는 자의 눈에 더 잘 뜨인다. 'good things'를 쓰기 시작하니 어쩌다 들르는 정동의 카페 L이 야외 테이블이 있는 파리의 한적한 골목 카페가 되어 여행 욕구를 달래주고, 엄마가 만들어주는 밑반찬 저장고였던 냉장고는 모녀의 이야기가 익어가는 스토리 상자가 되고, 풍요로운 계절이 지나 우연히 찾은 남산 길은 꽃보다 아름다운 11월의 나무들을 만난 새로운 길이 되었다.

'3 good things a day'는 꼭 시도해보길 권하고 싶은 글쓰기다. 일주일에 2퍼센트, 한 달 후 5퍼센트, 6개월 후 9퍼센트 더 커지는 행복감. 마틴 셀리그만의 실험 결과를 먹는 만큼 배가 불러오듯 확실히 실감할 것이다. 단, 그 효과는 매일 해야 느껴볼 수 있다. 날짜를 건너뛰면 건너뛴 만큼 행복의 크기는 줄어든다. 경험자로서 말하자면, 날짜를 건너뛰면서 좋은 일 세 가지를 채우기보다는 한두 가지씩이라도 매일 쓰는 게 행복감을 더 잘 유지할 수 있다.

마음 쓰기 연습 ㉞

마음에 꼭 드는 공책을 마련해 '3 good things a day'를 시작해보세요. 그 공책을 꼭 필요한 소지품처럼 가방에 넣고 다니며 그때그때 발견하는 좋은 일, 좋은 것들을 기록해봅니다. 아니면 잠자리에 들기 전 하루를 마무리하며 소박하게 빛났던 순간들을 하나씩 공책에 모으세요. 그렇게 하다 보면 당신은 해피 모먼트를 수집하는 글쓰기로 '3 good things a day'를 해보라고 주변에 권하게 될지도 모릅니다.

—— 오늘 하루의 일과 중 좋았거나 의미 있었던 일 세 가지를 그 이유와 함께 글로 써보세요.

일상 기록,
내 삶에 물주기

'

,

    꽤 오래 블로그를 운영하며 자신의 일상을 기록해온 친구가 있다. 교직 생활을 하면서 출판사 리뷰단 활동도 하고 글을 쓰는 데 도움이 될 만한 강연을 찾아다니는, 꿀벌처럼 부지런히 사는 친구다. 그런데 이 친구, 어느 날 덜컥 책을 내게 되었다고 연락을 해왔다. 블로그 글들을 모아 다수의 출판사로 무작정 원고를 보냈는데 그중 한 곳으로부터 응답이 왔다는 것이다. 그저 무난히 읽히는 글들이었기에 처음엔 '잘된 일' 정도로 여겼으나 생각이 조금 달라졌다. 보통의 일상에 대한 단상과 새로운 발견들이 오히려 더 넓은 공감을 얻을 수도 있겠다 싶었다.

    친구는 독자가 아닌 저자가 되어 자기 책을 내는 데 고무돼 있는 것 같았다. 당연했다. 평범한 주부이자 직장인에게 자비 들이지 않는 책 출간은 아무나 가질 수 있는 기회는 아니니까. 나도 기꺼이 응원하며 뒤표지에 들어갈 추천 글을 써주었다. 한 단계 업그레이드된 자세로 글을 쓰게 된 친구를 위해 꼼꼼한 애정을 보태는 차원이었다. 그리고 더 중요한 한 가지, '내 삶에 물주기'로서 글쓰기를 하는 친구에게 힘을 실어주고 싶었다. 일반적인 눈으로 보자면 삶의 외적 조건이 별 걱정 없이 살 만큼 여유롭지는 않은 친구, 그런데 다른 누구보다 그 친구에게서 정서적 건강함을 느낄 수 있는 이유는 글을 쓰고 있기 때문일 것이다.

글의 힘을 말할 때 상투적으로 사용되는 문구가 있다. '펜은 칼보다 강하다.' 이렇게 바꿔보면 어떨까. '펜은 돈보다 강하다.' 생의 공허함을 고급한 옷과 음식, 비용이 많이 드는 운동과 문화생활, 럭셔리한 소품으로 채우는 사람들이 있다. 손끝에서 발끝까지 우아함으로 무장한 이들은 자신의 인생이 타인에게 매우 괜찮아 보이기를 원하지만, 잠깐 방심하는 사이 영혼이 고갈된 이의 표정을 드러내고야 만다. 가장 최악의 경우는 이럴 때다. 누군가 "나는 불행한 일을 당했다"고 고백하는데 은밀한 생기가 돌면서 같은 편을 만난 듯 불행해진 상대를 위로하는 것이다. 웁스.

인생이 공허할 땐 돈을 쓸 생각 대신 글을 쓸 생각을 해보자. 돈을 쓰면 쓰는 만큼 마음의 구멍이 커지지만, 글을 쓰면 쓰는 만큼 마음의 구멍이 메워진다. 글쓰기의 중요한 기능 중 하나는 마음속 결락된 부분들을 복원하는 것이므로.

마음 쓰기 연습 ㉟

―― 일상의 작은 발견들을 기록하는 당신만의 저장소를 만들어보세요. 근사한 공책도 좋고, 블로그나 인스타그램, 페이스북 같은 SNS 공간도 좋습니다. 반짝이는 순간들이 차곡차곡 쌓여가는 당신만의 아지트가 될 겁니다. 오늘부터 Let's write!

내 방 여행하기

'_____
_____
_____
_____,

이따금 내 집이 나에게 "나 좀 봐 달라"며 다정하게 말을 건네는 것 같다. 찬찬히 살펴보면 구석구석 이야기가 반짝인다. 작은 공간을 채운 물건들이 들려주는 어느 한때의 이야기들이다. 오늘은 책꽂이 위, 캔버스 패널에 붙인 사진과 드로잉이 나를 불렀다. 잠시 지난 시간으로 여행을 하며 그날 두근거리던 심장 소리를 들어보라는 듯.

단번에 내 눈을 사로잡았던 무용가의 흑백 사진은 오래전 M의 집에 놀러 갔을 때 얻어 온 것이다. 러시아 출신의 천재 발레리노 바츨라프 포미치 니진스키의 화보를 보여주며 M은 말했다.

"여기서 젤 마음에 드는 거 하나만 가져가."

자그마한 체구에 유독 눈동자가 빛나는 M은 친구에게만큼은 뭘 아까워하는 법이 없다. 아무리 내가 감탄을 연발했어도 그렇지, 책에서 한 장을 떼어가라니. 나는 사양하지 않고 그 사진을 골랐다. 니진스키의 압도적인 표현력과 함께 만 가지 자아 속에 견고히 중심을 잡고 있는 듯한 모습에 끌려들었다. M은 내가 이 사진을 가지고 있다는 사실도 모를 것이다. 워낙 준 게 많아서.

긴 손가락 드로잉은 A예고 강의 나갈 때 S가 주었는데 내가 너무나 아끼는 그림이다. '문'이라는 제목으로 글을 쓰게 했는데 S는 수업 후 글 대신 이 그림을 제출했다. 아무것도 생각나지 않아 '딴짓'을 했다는 것이다. 나는 기꺼이 받으며 한번 그림을 그려보라고 했다. 타고난 감각 같은 게 느껴졌다. 실제 그림을 보면 어느 갤러리에 걸려 있어도 의아하지 않을 만큼 멋지다. 액자에 넣을까 싶었지만 틀 속에 갇혀 있기보다 밖에서 숨을 쉬고 있는 게 좋을 것 같아 캔버스 패널에 붙였다. S는 동네 화실에 나가며 틈틈이 그림을 그려왔는데, 언젠가 카카오톡으로 보내준 인물 스케치를 보고는 얼마나 놀랐는지. 목탄으로 그린 그림을 그림쟁이에게 보여줬더니 "이 정도면 프로급"이라고 했다. 누군가의 재능을 발견하는 것도 참 행복한 일이다.

내가 가끔 내 방을 둘러보곤 하게 된 것은 그자비에 드 메스트

르의 《내 방 여행하는 법》(유유)을 읽고 나서였던 것 같다. 제목과 함께 표지의 고풍스런 초록색 의자가 마음에 들어 즉흥적으로 구입했는데, 내 방에 있는 이야기 찾기를 하게 되었으니 이만한 독후감도 없지 않을까. 《내 방 여행하는 법》은 18세기 직업 군인이었던 저자가 어느 장교와의 결투로 42일간의 가택연금형을 받고 방에 갇혀 썼던 글이라고 한다. 글을 쓰며 내 방 여행하기! 코로나19로 심리적 가택연금 상태를 경험하고 있는 이 시기의 우리에게도 근사한 여행법이 아닐 수 없다.

마음 쓰기 연습 (56)

— 당신이 가지고 있는(혹은 가졌던) 물건을 소재로, 그 물건이 안내하는 당신의 지난 이야기에 대해 써보세요.

마음 챙김
to do list

'⎯⎯⎯⎯⎯⎯
⎯⎯⎯⎯⎯⎯
⎯⎯⎯⎯⎯⎯,

    연말이 되어 다음 해 달력을 받아들면 누구나 '새해엔……' 하고 신년 계획을 세우거나 '올해의 버킷 리스트'를 작성하며 실천 의지를 다진다. 중간에 흐지부지되거나 절반의 성공에도 못 미치는 결과가 나오기 일쑤지만 다음 연말이 되면 또다시 새해의 다짐을 하고 일 년 동안 이루고 싶은 일들의 목록을 작성한다. 의미 있는 삶과 자기 성장, 자기만족을 위해서일 것이다. 대부분은 성과와 성취, 만족에 초점이 맞춰진 목표들이다. 작심삼일이 되지 않기 위해 공약처럼 주변 사람들이나 블로그에 공개하는 일도 흔하다. 저 리스트를 다 기억하기나 할까 싶을 만큼 길게 이어진 목록들에 눈이 휘둥그레질 때도 있다.

그런데 더 놀라운 사실은 그 목록에 마음을 돌보기 위한 일은 포함돼 있지 않은 경우가 많다는 것이다. 마음이 한구석이라도 허물어져 균형을 잃으면 새로운 계획은커녕 일상생활조차 버거운 일이 되어버리는데 말이다. 그리 심각하지 않다고 여기는 심리적 불안이 때로는 시시때때로 기분을 망쳐놓기도 하지 않던가.

일, 인간관계, 심지어 건강까지, 그 모든 것을 좌지우지하는 것은 마음이다. 그러니 자신의 마음 상태를 알아채고 보살피는 것은 해도 되고 안 해도 되는 선택의 문제가 아니다. 마음 점검은 일 년에 한 번이 아니라 수시로 해줘야 한다. 희노애락애오욕의 감정을 불러일으키는 변수들은 도처에 깔려 있으니까. 계절이 시작되는 기점, 새달을 맞을 때, 짧으면 한 주를 시작할 때, 마음을 돌보기 위한 to do list를 작성해봐도 좋겠다.

'새 계절을 새롭게 맞는 마음 챙김 to do list'
'매월 첫날(또는 마지막 날)의 마음 살피기 to do list'
'한 주를 평화롭게 보내기 위한 마음 돌보기 to do list'

리스트가 많을 필요는 없다. 한두 가지만 제대로 실천하면 잇달아 많은 부분이 좋아지는 게 마음이니까. 되도록 구체적으로,

자신을 설득하듯 써보자. 이런 건 어떨까?

- 3킬로그램 체중 감량: 갑작스레 늘어버린 뱃살은 내 우울의 질량이다. 하루 100그램씩 빼기(-)를 하다 보면 우울의 실체도 몸집을 줄일 것이다. 우선 줄자부터 구입하자.

- 하루에 두 번, 만나는 사람에게 예쁜 말 해주기: 예쁜 말을 하면 그 사람 역시 나에게 예쁜 말로 반응할 것이고, 그러면 적어도 하루 두 번은 마음속에 예쁜 꽃이 필 것이다.

- 무엇을 하든 오직 그 일에만 집중하기: 샤워할 때는 샤워에만, 식사할 때는 식사에만, 걸을 때는 걷기에만, 책을 읽을 때는 책 읽기에만, 사람을 만날 때는 그 사람에게만 집중하자. 어린아이처럼 지금 이 순간에 집중하는 단순성이 마음을 건강하게 하니까.

마음 쓰기 연습 ㊼

—— 다음 한 주를 건강하게 보내기 위한 마음 돌보기 to do list를 작성해보세요.

댓글 소통으로 바꾼 하루의 기분

나는 필요한 만큼의 낙천성은 있지만 감정 변화의 폭이 크기도 해 종종 기분 관리를 해줘야 한다. 작은 극장을 찾아 어둠에 푹 파묻혀 영화에 몰입하거나, 수집해놓은 음악들을 볼륨을 잔뜩 키운 채 차례로 듣거나, 체력이 바닥나기 직전까지 걸어 다니거나, 친구와 배가 고파질 때까지 수다를 떨고 나서 먹방에 돌입하는 것(순서가 바뀔 수도 있다) 등은 나뿐 아니라 많은 사람이 시도하는 기분 전환법일 것이다.

그보다 더 간편한, 컴퓨터나 휴대전화만 있으면 가능한 기분 전환법도 있다. 고래도 춤추게 할 칭찬 댓글을 '잘' 써보는 것이다. 한두 줄의 짧은 글로 좋았던 느낌을 전하면서, 자신에겐 환히 미소를 지을 때만큼의 엔도르핀이 돌게 하는 효과를 챙길 수 있다. 이런 댓글을 쓰기에는 괜찮은 유튜브 채널이나 페이스북, 블로그가 적당하다.

   이 글을 쓰는 오늘 나는 왠지 아침부터 글루미했다. 최근 건강이 나빠진 친구가 좋지 않은 안색으로 꿈에 나타나 "좋은 차를 마시라"는 내 충고를 고집스럽게 무시했기 때문인지도 몰랐다. '아점'을 대충 먹고 단골 카페로 가 인터넷에 접속했다. 포털 사이트에서 눈에 띄는 기사들을 골라 읽고, 자주 들르는 커뮤니티에 들어가 업로드된 글을 몇 개 훑어본 후 유튜브로 이동했다.

   알고리즘에 의해 나타난 채널 중 최근 알게 된 한 음악평론가의 채널을 선택했다. 클래식, 재즈, 팝, 힙합 등등 장르를 가리지 않고 음악에 관해 다양한 이야기를 해주는 채널이었다. 글렌 굴드의 바흐 〈골드베르크 변주곡〉. 피해 갈 수 없는 명반에 대한 평론가의 맛깔 나는 해설에 제대로 걸려들어 중간에 멈추고 그 곡을 찾아 들었다. 나처럼 클래식 음악을 잘 모르는 사람들도 어디서 들어본 것만 같은 Goldberg Variations. 글렌 굴드가 열일곱 살에 처음 녹음한 것과 세상을 떠나기 일 년 전에 녹음한 것 두 가지가 있었고, 그 두 가지를 모두 들었다.

나를 압도한 것은 글렌 굴드가 죽기 전에 녹음한 연주였다. 가장 순수한 첫 물방울들이 천천히 구르는 듯 이어지는 정제된 피아노 소리에 나는 잠시 숨을 멈추었다. 조심조심 신중히 진행되는 변주곡은 놀랄 만큼 서정적이며 아름다웠고 탱글탱글한 리듬감이 느껴졌다. 음악은 창밖의 봄날과 어우러져 아, 하는 감탄사를 내뱉게 했다. 부드러운 바람결에 벚꽃이 난분분 흩날리고 있었다. 글루미했던 내 기분은 말갛게 개기 시작했다. 음악을 다 듣고 다시 유튜브로 돌아와 방송을 끝까지 시청했다. 그리고 댓글을 남겼다.

눈으로는 벚꽃 잎 흩날리는 풍경을, 귀로는 글렌 굴드의 Goldberg Variations를 감상하는 시간. 이 깨끗한 집중의 순간에 오늘은 이것으로도 충분하다, 싶었네요. 감사!

'당신이 해설해주신 곡을 열심히 들었습니다' 하는 마음을 간결하고 담백하게 전하고 싶었다. 이 댓글에 대한 답은 몇 시간 후에 확인했다.

말씀만 들어도 아름답습니다.

아주 짧은 답에 나는 밝게 가벼워졌다.

누군가 공들여 만든 창작 콘텐츠에 댓글을 다는 것만으로도 눅눅하게 가라앉은 마음은 얼마든지 보송보송해질 수 있다. 그것의 유효기간이 단 하루뿐일지라도 두세 줄의 댓글로 그 정도의 효용성이 있다면 그게 어디인가! 기분이 꿀꿀할 때, 유튜브의 우량 콘텐츠나 공유할 만한 페이스북, 블로그 글에 마음잡고 칭찬 댓글을 달아보자. 기분 전환과 함께 자기만족이라는 덤이 따라올 것이다.

마음 쓰기 연습 ㉘

—— 내용이 좋은 유튜브 영상이나 페이스북, 블로그 글을 찾아보고, 마음에 드는 콘텐츠에 성의를 담은 댓글을 작성해보세요. 단, 과장된 칭찬은 참으시길. 진정성은 필수입니다.

3부

"＿＿＿＿＿＿＿"

관계를 풀어내는
마음 쓰기를 합니다

10장 관계

더 가까워지거나
덜 불편해지려고

마음을 여는 이메일 사용법

각종 기관과 업체에서 오는 광고를 포함해 지인들이 보내오는 글까지, 이메일 우편함엔 하루 십여 통에서 수십 통씩 편지가 쌓인다. 손 편지와 달리 이메일은 받았다는 사실만으로 기쁨이 따라붙는 경우는 그리 많지 않다. 물론 예의를 갖춰 공들여 쓴 이메일은 휙 훑어보지 않고 촘촘한 눈길로 읽는다. 그럴 땐 좋은 의미에서 마음에 힘이 들어간다. 그리고 그만큼 마음의 무게를 담아 답장을 하게 된다.

받았을 때 가장 가슴이 뛰는 이메일은 '좀 아는 사이'였던 누군가로부터 받은 뜻밖의 친밀한 글일 것이다. 게다가 격식을 차리지 않은 자연스럽고 다정한 화법이라면 그와의 거리가 성큼 가까워진 것 같은 감동마저 느낄 수 있다.

　S출판사에서 네 번째 책을 낸 직후였다. 생각지 않은 이메일이 도착했다. 발신인은 S출판사 사장님. 사실 그분은 오래전 모 일간지의 인터뷰 기사를 보고 알게 되었을 뿐 그때까지 만나본 적도 없었다. 깜짝 놀라 '받은 메일함'을 클릭한 나는 내용을 수차례 반복해 읽었다. 편지가 너무 재미있었기 때문이다. 간단히 말하면 내 소설에 대한 감상문이었는데, 편히 마주 앉아 커피를 마시며 자유롭게 토크를 하고 있는 것 같았다.

　소설은 오래된 이층집이 이곳저곳 도미노처럼 망가져 가면서 가족 간에 하나둘 균열이 생기는 병렬 구성의 이야기였다. 사장님은 짧은 인사와 함께, 책을 읽으며 '기억의 창고에서 스멀스멀 기어 나오는 것들이 있었다'는 말로 메일을 시작했다.

　저도 5학년까지 무려 열 번을 넘게 이사를 다녔어요.
　아버지의 전근 때마다 집을 옮겨 다녔던 것이지요.
　결혼해서도 15년은 일반 주택에서, 10년은 아파트를 두 번 옮겨 다니며 살았는데, 이상한 것은 내 어린 시절의 집들이나 결혼 후에 살았던 집에 대해서는 집의 구조나 장롱과 책상 위치, 뜰 안 꽃의 종류와 색깔, 있었던 사건 하나하나까지 생생하게 기억나는데, 아파트에서 살았던 기억은 머리를 쥐어짜야 겨우 생각나고 그리고 하나도 즐겁지가 않다는 겁니다.

그래서 4년 전 드디어 아파트 탈출에 성공했답니다. 꺄오!

'꺄오!'에서 나는 빵 터지고 말았다. '책은 모두가 함께 잘 살 수 있는 도구'라는 철학의 출판인에게서 나온 명랑 소녀 같은 감탄사라니! 만날 기회가 있다면 상당히 조심스러울 것 같았던 그분은 단번에 편한 사람이 되었다. 신문 기사를 통해 가졌던 호감은 두 배 커졌다. 단지 이메일 한 통으로. 때로는 격식 차린 예의 바른 글보다 쿨하게 마음을 튼 자연스러운 글이 감동을 준다. 각각의 섬과 섬 사이에 길이 생기는 것처럼.

독후감에 대한 감사의 답장을 보내고 출판사 송년회에서 그분과 처음 인사를 나눴다. 참석한 사람들이 워낙 많아 짧은 인사만 주고받았지만 처음이 아닌 것처럼 와락 반가웠다. 그로부터 한참 시간이 지난 후 S출판사에서 운영하는 복합문화공간의 스페인 음식점에 갔을 때, 앞치마를 두른 채 마당을 쓸고 있는 사장님을 만났다. 그때는 함께 햇살처럼 웃으며 유쾌한 대화를 나눌 수 있었다. 처음 낯가림이 은근히 긴 나로서는 흔히 있는 일이 아니었다. 정장을 벗고 평상복 차림으로 찾아온 이메일 덕분이었다.

마음 쓰기 연습 ㉟

── 아직 가까운 사이는 아니지만 말을 걸고 싶은 사람에게 친밀함을 담아 격식 없는 이메일을 써보세요.

어느 후배의 서프라이즈

'‗‗‗‗‗,'

　코로나19로 외출을 자제하고 지내던 어느 날, 택배 상자 하나가 도착했다. 수개월 만남을 미뤄온 후배 시인이 보낸 것이었다. 상자 안에는 방긋방긋 웃음이 나올 만한 물건들이 들어 있었다. 샤프펜슬과 연필과 두 가지 색깔의 색연필이 담긴 필통, 고양이가 그려진 조그만 수첩, 종합비타민, 책, 시나몬 비스킷! 뜻밖의 선물 보따리에 산타클로스라도 다녀간 듯 가슴이 콩닥콩닥 뛰었다. 못 만나는 동안 나에게 주고 싶은 것들이 늘어나 우편으로 보낸다는 문자 메시지를 미리 받았지만 정말 기뻤다. 생일도 아니고 연말연시도 아니고 기념할 만한 날도 아닌 때에 받은 선물이어서였다.

그런데 나를 가장 감동케 한 것은 따로 있었다. 작은 선물들과 함께 온 카드였다. 코발트블루의 꽃 한 묶음이 그려진 카드를 새파란 봉투에서 꺼냈을 때의 느낌은 감격에 가까웠다. 지금까지 받아본 그 어떤 카드나 엽서보다도 예뻤고 작품처럼 보였다. 카드를 펼치자 초여름의 단상이 꼭꼭 눌러 쓴 글씨로 쓰여 있었다. '이 시국에도 기특하게 돌아온 장미를 정말 말없이 보게 되는, 보고만 있는 요즘입니다'로 시작한 글은 '선배랑 함께 영화 보고, 예쁜 노트 사고, 맛있는 거 먹고, 걷고, 걷고, 그런 지복을 누릴 날을 소망해 봅니다. 바이러스 걱정 없이요. 일상이 보물이었다니까요. 만날 때까지 비타민 잘 챙겨드세요. 밥은 물론이고요'로 끝나고 있었다.

지금 그 카드는 책꽂이에 한 자리를 차지하고 있다. 내 눈길이 가 닿을 때마다 종합비타민 같은 영양을 내 마음에 듬뿍 넣어주는 것 같다. 코로나19 시대의 소통 방식은 컴퓨터로 연결되는 온라인 화상 미팅이나 이메일, 카카오톡뿐인 줄 알았다. 하지만 고립감이 가슴을 황량하게 만드는 이 시대에 우리는 면 대 면으로 만나지 않아도 카드나 엽서에 길지 않은 글을 담아 보내며 서로를 가까이 느낄 수 있는 것이다. 화상 미팅이나 카카오톡, 이메일보다 훨씬 따스하게. 그것은 몇 줄의 글이 갖는 가치를 뛰어넘는 믿음의 다리가 된다.

마음 쓰기 연습 ⑳

── 오래 만나지 못한 친구나 지인을 생각하며 다정한 인사를 담은 카드나 엽서를 써보세요. 그리고 우체국으로 달려가 등기우편으로 보내는 겁니다. 받을 사람의 기쁨을 먼저 느껴보면서.

메모 한 장으로 이어진 관계

오래전 직장생활을 할 때였다. 작은 출판사에서 3년쯤 경력을 쌓아 K출판사로 직장을 옮긴 후 첫 책을 만들면서 나는 안 하던 '짓'을 해보았다. 저자에게 교정지를 보내면서 메모지를 한 장 붙였다. 정확히 기억나진 않지만 이런 내용이었을 것이다.

교수님, 안녕하세요?
남쪽엔 봄 향기가 짙어지고 있을 것 같네요. 꽃샘추위 지나고 서울에도 점심 산책을 즐기는 직장인들이 많아졌습니다.
그리고 저는 교수님 책 첫 교정을 마쳤습니다. 원고 내용이 좋아 교정보는 데 별 어려움이 없었고, 책이 잘 나올 것 같은 예감도 듭니다.
녹색 펜으로 표시한 부분은 교정 내용 확인 부탁드려요.

저자에게서 교정지가 왔을 때, 첫 장엔 내 메모지 대신 교수님의 메모지가 붙어 있었다. 길지 않은 메모에 적힌 남쪽의 봄날과 캠퍼스 풍경, 소소한 단상이 간결한 문체와 어울렸다. 메모 인사를 보낼 때 답 메모가 오리라곤 전혀 기대하지 않았기에, 뜻하지 않은 경품을 받은 것처럼 기분이 좋았다. 메모 인사가 붙은 교정지는 그렇게 세 번을 오갔다.

책이 나왔을 때 교수님이 서울에 오셨다. 첫 만남에 그분은 메모지 얘기부터 했다. 책을 여러 권 내봤지만 편집자에게 그런 메모를 받은 건 처음이라면서 모두 버리지 않고 잘 간직하고 있다고 했다. 실은 나도 사무실 책상 서랍에 교수님의 메모를 넣어두었기에 이심전심이었나 보다며 함께 웃었다.

그 교수님은 다음 책도 우리 출판사에서 냈다. 그때도 내가 편집을 맡았고, 메모 인사가 교정지에 붙어가고 붙어왔다. 그 이후론 책 출간과 상관없이 안부 인사를 주고받게 되었다. 단지 메모를 한 장 한 장 이어가며 만든 인간관계였다. 특별할 것 없는 작은 시도가 사람과 사람 사이의 재미난 이야기가 된 것이다.

알고 보면 메모는 흔히 마음을 전달하는 일상생활의 매개체다. 내 방 책상 옆 벽이나 주방 싱크대엔 간혹 포스트잇이나 종이 쪽지가 붙어 있곤 한다. 친구나 지인이 기념일이 아닌 어느 날 수 수한 선물에 붙여 보낸 메모들이다. 짧은 문장들에 담긴 마음이 소중해 한동안 눈에 잘 띄는 곳에 붙였다가 따로 보관한다. 이를 테면 이런 메모다.

마늘종이 매우면 쫑쫑 썰어서 볶음밥에 넣어 드세요. 유기농 간장 으로 만들었어요. 소스 버리지 마시고 드세요.^^
* 깻잎은 저희 엄마가 주신 거예요.

이렇게 예쁜 마음을 어떻게 버릴 수 있겠는가. 손바닥 반만 한 포스트잇의 메모지만 어떤 좋은 말보다도 그를 가깝게 느끼도록 만들어준다. 꼼꼼한 손 글씨와 함께 메모에 스며든 진심 때문이 아닐까.

마음 쓰기 연습 ⑥

── 그냥 조금 아는 관계 혹은 처음 알게 된 사이지만 좀 더 가까워 지고 싶은 사람이 있나요? 그 사람에게 부담 없는 메모 인사를 써보

세요. 그리고 작은 선물(오래된 동네 빵집의 수수한 빵 같은)과 함께 그 메모를 전해보세요. 성큼 가까워질 것입니다.

이유 없이 날카로운
그 사람에 대한 분석

　보통 10년 지기 정도면 많은 시간을 함께해온 친한 친구로 여긴다. 나에게도 10년 지기 혹은 그 이상의 세월을 만나온 친구들이 있다. 대부분은 안으로 밖으로 덜그럭거리며, 때로 누군가는 걸러지는 불행을 겪으며 서로 다른 모양의 성격들이 적당히 맞춰져 익숙해진 사이들이다. 하지만 공유한 나이테가 꽤 많아 친분이 두툼해졌는데도 가끔은 말과 행동의 뉘앙스가 미묘해 해석하기 어려울 때가 있다. 만났다 헤어지면서 참았던 한숨이 나오고 머리가 지끈거린다면 바로 그런 때일 것이다.

　비슷한 취향에 무슨 얘기를 해도 박자가 맞는 친구 S를 만나고 예민해진 날이었다. 점심을 같이하자고 만났는데, S는 식사 장소로 의견 일치를 보았던 식당에서부터 왠지 날카로워 밥 먹기가 불편했다. 집에서 에그드랍 샌드위치를 만들어 먹는 즐거움, 최근 자주 찾아보게 된 유튜브 채널의 장단점, 상담심리학 공부의 재미 등 거슬릴 만한 말은 하지 않았는데 공감의 맞장구는 고사하고 차갑게 말허리를 자르고 마른 식빵 같은 표정을 해 소화가 안 될 지경이었다.

S의 예민함은 조금씩 누그러졌지만 마지막에 들른 카페에서도 경직된 표정만큼은 풀리지 않았다. 내가 지쳤다는 걸 눈치 챘는지 S는 어색한 공기를 바꿔보려고 애쓰는 것 같았다. 하지만 이미 나는 감정이 상해 있었고 빨리 헤어지는 게 낫겠다는 생각뿐이었다.

그날 나는 일기를 쓰며 S의 수수께끼 같았던 태도를 되짚었다. '대체 왜?', '에그드랍 샌드위치나 구독하고 있는 유튜브 채널, 상담심리학 공부 같은 얘기는 "나 잘 지내고 있어"의 다른 말이었는데……' 당시는 내가 어려운 시기를 넘긴 지 얼마 안 된 시점이었고 S도 나의 그런 상황을 잘 알고 있었다. '단지 알고 지내온 시간의 길이가 우정과 사랑의 견고함을 말해주는 건 아니다'까지 나간 글은 다시 '대체 왜?'로 이어졌고 한 가지 잊고 있었던 사실을 호출했다.

나는 그즈음 S가 건강에 적신호가 켜져 고전 중이라는 걸 깜박하고 있었다. 가끔씩 몸이 좀 이상했는데 갑자기 심상치 않은 증상을 보여 병원에 다니기 시작했으며, 일을 많이 줄이고 조심하고 있다는 얘기를 들은 게 얼마 전이었다. 나는 S의 날카로움에 대한 답을 추출해냈다. S에게 빙의해 답을 써나갔다.

매일 긴장하고 있어야 할 만큼 건강이 좋지 않다. 그래서 포기해야 할 일도 생겼다. 많은 즐거움이 차단되었다. 몹시 우울하다. 친구가 에그드랍 샌드위치를 해 먹을 때의 만족감이나 시청하는 유튜브에 대한 감상평에 손뼉을 쳐줄 마음의 자리는 없다…….

이렇게 쓰다 보니 조금씩 정리가 되었다. 친구로 지낸 기간이 우정의 깊이와 진정성을 말해주지는 않는다. 하지만 어떤 상황에서도 보여줄 수 있는 우호적 태도가 우정의 진위를 말해주는 것도 아니다. 친구이기에 앞서 인간이니까.

글을 쓴다는 것은 다분히 이성적인 행위다. 따라서 무작정 감정을 수습하려 할 때보다 최선의 방향을 잡게 해준다. 잘못하면

단단히 굳어버릴 수 있는 앙금을 풀어내기도 한다. 글쓰기가 갖는 알짜배기 효용성이다.

마음 쓰기 연습 ⑥²

—— 어떤 일로 인해 도저히 이해할 수 없었던 사람이 있나요? 그 사람에게 빙의해 가능한 그의 입장을 해명하는 글을 써보세요.

불편한 사람과도
그럭저럭 잘 지내려고

　나에겐 인간관계에서 잘 고쳐지지 않는 단점이 하나 있다. 어떤 이유로 거부감이 들거나 생각의 거리가 먼 사람은 경계선을 친 채 넓은 의미로도 친구의 범주에 넣지 않으려 한다는 것이다. 이를테면 어디서든 주인공이 되려 하는 사람, 진정성 없이 칭찬을 남발하는 사람, 누군가와 교류할 때 상대의 유명세나 영향력을 중요시하는 사람, 돈이 무엇보다 우선이거나 이재에 밝은 사람, 정치적인 입장이 나와 정반대에 있는 사람, 마음에 들지 않는 특정인을 깎아내리며 함께 미워해주길 바라는 사람에겐 순하게 마음을 열기가 쉽지 않다.

　그런데 언젠가 거북한 사람을 편하게 받아들일 수 있는 방법을 찾아낸 적이 었었다. 지인의 적극적인 권유로 들어간, 일어 공부를 앞세운 친목 모임에서였다. 모 대학 일어과 교수가 이끄는 그 모임에 처음 갔던 날, 유독 시선을 끄는 사람이 하나 있었다. 짙은 화장의 화려한 마스크에 평범치 않은 옷차림의 J. 외모만으로도 눈길을 끌기에 충분한 그가 독보적으로 주목받고 싶어 한다는 건 스터디가 끝나기도 전에 알 수 있었다. 뉴 페이스에게 쏟아지는 당연한 관심을 참지 못해 목소리에 짜증이 섞였고, 가다가나 히라가나도 몰라 벼락치기 공부를 해간 내가 칭찬받는 걸 힘들어하는 듯 표정 관리가 되지 않았다. 그런 J가 나 역시 불편했다. '내가 무슨 실수라도 했나?' 어쨌든 그날 이후 주 1회 만나는 모임에서 J와 나는 별일 없이 부대꼈다.

불편한 인간관계가 주는 스트레스에 많이 취약한 편이라 나는 가장 빠른 방법을 고려했다. 모임에 나가지 말까. 하지만 작은 부침개 뒤집듯 어렵지 않게 상황을 바꿀 수 있었으니, 그 해법은 J라는 사람을 둘로 분리하는 것이었다. 나는 나를 밀어내는 J가 아니라 그의 다른 부분들을 칭찬하기로 했다. 집에서 걸치고 있던 옷을 갈아입지도 않고 나왔다는 그에게 "그래도 굉장히 멋있으세요" 했고, 선생님이 참석하지 못해 그가 대신 스터디를 진행했을 때 "선생님보다 더 이해하기 쉽게 설명하시네요" 추켜세웠다.

마음에 없는 말은 아니었다. 실제로 그랬으니까. 나를 달가워하지 않는 그를 좋게 말하긴 힘들어도, 그의 옷차림이나 액세서리, 일어 실력을 인정해주는 건 큰맘 먹지 않아도 가능했다.

그 이후에도 J와 가까워지진 못했지만 내가 더 이상 불편하지 않았다는 것만은 분명하다. 모임은 얼마 안 가 해체되었으나 좀 더 길게 만났다면 좁게라도 통하는 길을 찾았을지도 모를 일이다. 어떤 이에게 까칠해진 심리를 바꾸기가 어렵다면, 그런 심리를 구성하지 않는 부분들을 곱게 봐주는 것쯤은 충분히 해볼 만하다. 최소한 갈등 없는 관계를 이어갈 수만 있다면 그 정도 못 할 일은 아니지 않을까.

마음 쓰기 연습 63

—— 성격이 맞지 않아서, 가치관이 극과 극이어서, 삶의 조건이 너무 달라서 불편한 사람이 있나요? 그의 성격이나 가치관 혹은 삶의 조건과 큰 상관이 없는 부분 중 좋게 평가해줄 만한 것들에 관해 적어보세요. 그리고 다음에 그를 만나면 생기 있는 목소리로 칭찬을 해보세요.

고양이를 사랑하는 방식,
친구를 사랑하는 방식

 '열 손가락 깨물어 안 아픈 손가락 없다'는 말처럼 작가들은 자신의 모든 작품에 골고루 애정을 가지고 있다. 나 역시 그동안 출간한 내 소설들이 나름의 피, 땀, 눈물이 스민 고통의 산물이어서 무엇 하나 애틋하지 않은 것이 없다. 물론 그중엔 조금 특별한 애정을 갖게 되는 작품도 있다. 이를테면 《고양이를 사랑하는 법》은 내심 나만의 특별기획으로 쓴 책이라 탈고 후의 심정이 남달랐다. 내 이야기를 10대 버전으로 가공한 작품인데, 90퍼센트는 상상의 산물이지만 원고를 쓰는 내내 Y라는 친구를 생각하고 있었다.

 Y는 나의 절친 중의 절친이라고 할 만큼 각별한 친우였다. 마

음을 열면 속을 다 드러내 보이고, 아낌없이 주는 나무처럼 계산 없이 자기 것을 다 내주는 타입이랄까. 내 기억 저장고엔 그 친구와 함께한 재미있거나 감동적인 순간들이 적지 않다. 그랬던 Y와 나 사이가 한순간에 멀어져 3년을 연락도 없이 지냈던 건 내 인생의 가장 고통스러운 일 중 하나였다.

문제는 친구와 관계하는 방식에 있었다. Y는 절친이라면 모든 것을 공유하고 나누어야 한다는 입장이었고, 나는 절친 사이에도 보여줄 수 있는 것과 없는 것이 있다는 입장이었다. 그런 입장 차는 사건이 터진 다음에야 깨달았다. 어떤 사실을 내가 말하지 않고 숨겼다며 Y가 폭발했을 때였다. Y가 충분히 섭섭해할 만한 상황이 있었기에 이해는 했지만, 누군가의 프라이버시와 관련한 일이라 나는 입을 다무는 쪽을 택했었다. '나라는 사람은 그렇다'는 걸 설득시키려 했지만 Y는 마음의 문을 닫았고 3년이 지나서야 내 이름을 불렀다.

나는 깊이 사랑했던 연인과 이별한 것만큼이나 오래 아팠다. Y와 만나지 않는 동안 Y와의 이야기를 10대 소녀들 버전으로 하여 '친구를 사랑하는 법'에 관한 소설 《고양이를 사랑하는 법》을 썼다. 표지에 샴 고양이가 예쁘게 그려진 책은 독자들로부터 꽤 좋은 반응을 얻었다. 하지만 가장 큰 소득은 한 문장 한 문장 소설을 이어가는 동안 Y와 나와 그 시간을 이해하게 되었고 아픔이 서서히 치유되었다는 것이다. 글쓰기는 곧 치유가 될 수 있다는 사실을 책 한 권 쓰면서 확인한 셈이다. 등단 13년 차가 되어서야.

마음 쓰기 연습 ㉞

―― 서로 관계의 방식이 달라 가까웠던 친구 혹은 이웃과 멀어진 경험이 있나요? 누가 옳았고 누가 옳지 않았는가는 일단 옆으로 밀어놓고, 둘 사이가 멀어진 이유를 '무엇이 서로 달랐는가'에 초점을 맞춰 써보세요. 삐끗 어긋났던 어떤 사건에서 시작해도 좋고, 성격이나 생각이나 표현 방식에 어떤 차이가 있었는지를 설명하면서 시작해도 좋습니다.

그 사람의 눈초리를
잊어버리려면

한 친구가 중식조리기능사 자격증 실기시험을 봤다며 전화를 해왔다. 요리 배우는 재미에 빠져 있을 때는 싱싱했던 목소리에 침울함이 묻어났다. 시험장에서 극도로 긴장해 허둥대느라 칼질부터 재료 손질까지 여러 번 실수를 했다는 것이다. 하지만 그것보다 더 신경 쓰이는 일이 있다고 했다. 자신의 그런 모습을 바라보던 시험 감독관의 눈동자가 잊히질 않는다는 것이었다. 아무리 생각하지 않으려 해도 자신을 한심해하는 듯한 그의 눈동자가 계속 떠올라 자신감이 쪼그라든다고 했다.

나는 그 친구의 얘기에 백 퍼센트 공감했다. 나 역시 남 앞에서 테스트를 받는 것에 두려움이 있고, 내 실수와 내 실수를 지켜보는 타인의 눈에 예민한 사람이었기 때문이다. 우선 나는 그 친구의 자책이 타당하지 않다는 것을 말하기 위해 심사위원에게 화살을 돌렸다. "그런 자리에선 당연히 떨리고 실수도 할 수 있지. 넌 잘못한 게 아니라 긴장한 거야. 시험 감독관이 긴장한 응시자를 이해 못 하고 그런 눈초리를 했다면 잘못은 그 사람이 했네." 그런 다음 다른 생각을 떠올리면서 그 감독관의 눈동자를 뒤로 밀어내보라고 했다.

후에 곰곰이 되짚어보니 감독관의 눈동자에 대한 생각을 뒤로 밀어내라는 조언은 적절치 못했다. 사람들은 흔히 누군가 실패의 고통을 털어놓을 때 이렇게 위로한다. "그만 잊어버려. 기회는 또 있잖아." 잊는다는 게 말처럼 쉽다면야 무슨 걱정일까. 하지만 생각은 억누르려 하면 할수록 점점 더 파워가 생기는 법. 생각을 하지 않으려고 애쓰면 애쓸수록 생각이 더 나게 돼 있다. 나는 그 친구에게 이렇게 말하는 게 나았을 것이다. "그 배려심 없는 못된 눈동자가 떠오르면 떠오르는 대로 그냥 놔둬봐. 그러다 보면 제풀에 눈 깔겠지. 그리고 살면서 그런 일 한두 번 안 겪는 사람이 어디 있니?"

사실 이런 조언은 간혹 타인의 매운 눈빛에 남몰래 소심해지곤 하는 나 자신에게 먼저 해줘야 할 말이기도 하다. 한편 자신의 가차 없는 눈초리로 인해 누군가는 자존감에 큰 상처를 받을 수도 있다는 생각을 누구나 조금씩은 하며 살았으면 하는 바람도 가져본다.

마음 쓰기 연습 ⑥⑤

—— 누군가의 부당한 말이나 태도로 자존감에 상처를 입은 적이 있나요? 그 일을 깨끗이 지워버리고 싶은데 문득 생각나곤 해 기분이 나빠지나요? 그때의 상황을 상대방에게 담담히 말하듯 쓰고 다음과 같은 문장으로 마무리해보세요. '너는 부주의하게 내 자존감을 손상시키는 잘못을 범했지만, 나는 남에게 상처 주는 일을 두려워해야 한다는 걸 배웠다.' 그리고 그 일이 생각나든 말든 그냥 내버려두세요.

내 안의 미즈 아니마 혹은 미스터 아니무스

첫눈에 반해 사랑에 빠지거나 초고속으로 결혼에 골인한 남녀가 심각한 트러블로 갈등을 겪는 경우를 우리는 드물지 않게 본다. 눈에서 하트가 팡팡 튀었던 커플들이 왜 사랑했던 것보다 더 치열한 전쟁을 하게 될까? 인간 심리 문제에 단골로 호출되는 사람, 카를 구스타프 융에게서 답을 찾아본다.

융은 '아니무스'와 '아니마'라는 매력적인 이름의 무의식적 원형을 제시했다. 미스터 아니무스는 여자의 무의식에 존재하는 남성성을, 미즈 아니마는 남자의 무의식에 존재하는 여성성을 의미한다. 인간의 외적 인격(혹은 사회적 인격)을 '페르소나'라고 한다면, 아니무스와 아니마는 의식화되지 못하고 무의식에 자리 잡은 내적 인격이다.

O라는 여자가 숨어 있던 반쪽처럼 완벽하게 잘 맞는 남자 B를 만나 예쁜 연애를 하고 마침내 결혼까지 한다. 그런데 결혼생활 한 달도 안 돼 B에게서 마음에 들지 않는 면이 하나둘 보이기 시작한다. 알고 보니 자신의 이상형은커녕 꼴도 보기 싫은 비호감이었던 것이다. '이 남자, 내가 첫눈에 반한 그 남자가 맞나?' O는 속았다고 생각한다.

하지만 O를 속인 것은 B가 아니라 O 자신이다. 처음 만났을 때 자기 무의식에 있는 미스터 아니무스를 B에게 투사하고는 '내 이상형'이라고 착각한 것이다. 다행인지 불행인지, 착각은 오래가지 못해 자신이 투사한 미스터 아니무스의 이미지와 맞지 않는 모습이 드러난다. '주관이 뚜렷한 줄로만 알았는데 이렇게 자기중심적인지 정말 몰랐어.' '왜 이런 허세 덩어리를 스웨그 넘치는 남자라고 생각했을까.' '내 눈이 삐었지, 게으른 유희밖에 모르는 쓸모없는 사람을 낭만파로 봤으니.'

하지만 B의 모든 단점은 미스터 아니무스라는 콩깍지 때문에 보이지 않았을 뿐이다. 그 사실을 모른 채 O는 분노의 감정이 생기고 B가 자신을 속이기라도 한 것처럼 비난을 퍼붓기도 한다. 정작 실체를 못 보고 허상을 본 것은 자기 자신인데 말이다. 결국 O는 자신이 원하는 모습으로 B를 바꿔놓으려 하거나, B와 이혼하고 다시 이상형을 찾는다. 실패는 반복된다.

영화 〈500일의 썸머〉는 평범한 직장인 톰이 첫눈에 반했던 사랑에게서 발견한 미즈 아니마를 기막히게 잘 보여준다. 운명의 힘을 믿으며 사랑을 기다리는 남자 톰, 누군가의 무엇이 되고 싶지 않으며 자유롭게 살고 싶어 하는 여자 썸머. 어느 날 우연히 엘리베이터에서 만난 두 사람은 서로 호감을 갖고 알콩달콩 데이트를 시작한다. 하지만 시간이 지날수록 연인과 친구의 경계에서 불협화음을 일으키고 그들은 결국 이별을 맞는다. 썸머를 연인으로 생각하는 톰, "우리는 연인이 아니다"라고 말하는 썸머, 둘 사이의 거리는 좁혀질 수가 없다.

영화는 톰의 입장에서 전개되는데, 썸머에게 빠져들었던 톰이 자기 내면의 미즈 아니마를 어떻게 그녀에게 투사했는지를 'before and after'의 대사로 실감 나게 보여준다. 처음 사랑에 빠진 톰은 이렇게 말한다.

"썸머를 사랑해. 그녀의 미소를 사랑해. 그녀의 머리칼이나 그녀의 무릎도 사랑해. 목에 있는 하트 모양 점도 좋아하고, 그녀가 가끔 말하기 전에 입술을 핥는 것도 사랑스러워. 그녀의 웃음소리도 좋고, 그녀가 잘 때 보이는 모습도 좋아."

이랬던 톰이 썸머와 헤어지고 나서 화를 내며 말한다.

"썸머가 싫어. 그녀의 삐뚤삐뚤한 치아도 싫고, 60년대 헤어스타일도 싫고, 울퉁불퉁한 무릎도 싫어. 목에 있는 바퀴벌레 모양 얼룩도 싫어. 말하기 전에 혀를 차는 것도 싫어. 그녀의 목소리도, 웃음소리도 싫어."

'사랑에 대한 관점의 변화를 가져오는 500일'을 이야기하는 영화에서 톰의 이 대사는 그리 중요하다고 볼 수 없지만, 남성의 무의식에 존재하는 여성성(혹은 여성의 무의식에 존재하는 남성성)이 상대에게 투사되는 방식을 잘 엿보게 하는 장면들이다.

이제 미즈 아니마, 미스터 아니무스를 알게 되었다면 찬찬히 생각해볼 일이다. '내 무의식의 아니무스적 측면을 그를 통해 충족시키려 했을지도 몰라.' '내가 몰랐던 나의 아니마적 측면을 상대를 이용해 채우려 했던 게 아닐까?' 조금의 지혜만 있다면 무의식에 의한 허상의 경험을 진정한 관계를 시작해나갈 기회로 만들 수도 있다. 그리 어렵거나 복잡한 일은 아니다. 한 가지 사실만 기억하면 된다. 사랑은 욕심을 부리거나 이상형의 틀에 상대를 억지로 끼워 맞추는 게 아니라 있는 그대로를 존중해주는 것이다!

마음 쓰기 연습 ⑥

── 이상형이라고 생각했던 파트너가 다른 모습을 보여 화가 날 때가 있나요? '내 무의식에 존재하는 미즈 아니마' 혹은 '내 무의식에 존재하는 미스터 아니무스'라는 제목으로 당신의 무의식이 만든 허상에 대해 써보세요.

마음을 보여준 쪽지

　A예고에 강의를 나갈 때였다. 늘 반항적인 태도로 수업 분위기를 흐리는 H라는 아이가 있었다. 이를테면 수업 도중 자기 자리를 이탈해 벽을 마주 보고 서서 쉬는 시간 〈엘리제를 위하여〉가 울릴 때까지 버티고 있다거나, 정나미가 떨어질 정도로 버릇없이 말대꾸를 하는 식이었다. 나는 한 번도 야단치지 않고 지켜보고만 있었는데, 학교에 갈 때마다 적지 않은 스트레스가 되었다. H는 다른 수업에서도 마찬가지라는 얘기를 파트 장 아이가 슬쩍 귀띔해주었다. 그렇게라도 나를 위로하고 싶었던 것 같다.

　학교 가는 날은 일주일에 두 번, 쉬는 시간에 H를 따로 불러 10분 티타임을 갖기 시작했다. 강사실에서 종이컵에 티백 차를 타

가지고 복도 끝 조용한 공간에서 만났다. 나 혼자 얘기하고 H는 '네' 혹은 '아니요', '몰라요'로만 답하거나 먼 산만 바라보는 티타임이 반복되었다. 요즘 무엇에 관심이 있니, 누구와 제일 친하게 지내니, 지난 시간에 쓴 글이 상당히 인상적이더라, 같은 말을 10분간 하다 보면 다시 〈엘리제를 위하여〉가 울렸다. 나를 무시하기 위해 티타임에 응했나 싶을 만큼 H는 철저히 냉랭했다.

인내력의 한계에 이르러 그만 포기해야 하나 고민할 때쯤, 마침내 H가 입을 열었다.
"어른은 무조건 싫어요."
나는 귀가 번쩍 뜨였다. 그 말이 마음의 문을 여는 신호라는 걸 알아챘으니까. 티타임은 계속되었고, H는 부모의 이혼으로부터 시작된 분노와 어른에 대한 뿌리 깊은 불신을 털어놓았다. 이혼을 한 아빠와 엄마가 외동딸인 자신을 필요에 따라 돌려가며 맡아온 것을 용서할 수 없다고 H는 말했다. 나는 최대한 공감의 리액션을 해주며 H의 이야기를 들었다. '너를 이해해'라는 마음이 가닿기를 바라는 마음으로. 하지만 H는 이야기 상대를 찾은 듯 자기 얘기를 할 뿐 곁을 주지는 않았다. 어쨌든 10분 티타임의 효과는 충분했다. 수업 시간에 벽 보고 서 있기나 버릇없는 말대꾸가 사라진 것만도 어디인가. 게다가 H는 열심히 글을 쓰는 성실

함까지 보여줬다!

 아쉽게도 3학년 말이 되어 헤어질 날이 다가왔다. H는 캐나다로 유학을 가 그곳에 사는 고모 댁에 머물 예정이라고 했다. 그리고 마지막 수업 날, H는 수업을 마친 나에게 여러 번 접은 메모 쪽지를 건네더니 쌩 달아나버렸다. 쪽지를 펴보고 나는 코끝이 시큰했다.
 '선생님, 저는 아직도 어른이 싫어요. 하지만 선생님은 아주 아주 아주 아주 조금은 좋아요.'
 나는 H가 자기 이야기를 들어줄 다음 사람을 만나면 아주 아주 아주 아주 조금은 더 쉽게 마음을 열 수 있으리라 확신했다. 어른이 '무조건' 싫은 건 아니게 되었으니까.

 나는 메모 쪽지로 일말의 평화를 얻은 사람은 내가 아니라 H였다는 걸 안다. H는 '선생님과 나 사이에 마음의 길이 생겼다'는 마음을 전하고 싶었을 것이다. 단 두 문장만으로 그 의도는 충분히 전달되었다. 내가 그걸 느꼈으니까.

마음쓰기 연습 ⑥⑦

──— 당신이 의욕을 잃거나 힘든 일을 겪을 때 친절을 베풀어주었던 사람에게 아직 표현하지 못한 마음이 있나요? 그렇다면 그에게 한두 문장, 두세 문장의 메모 쪽지를 건네보세요. '너와 나 사이에 마음의 길이 생기면 좋겠다'는 마음을 담아서. 사과 몇 개, 또는 커피 원두 100그램을 사 포장 봉지에 메모 쪽지를 함께 넣어주는 건 어떨까요. 내면의 평화는 받는 사람보다 주는 당신의 몫이 더 클 겁니다.

*인용문 출처

책

4쪽 도종환, 《흔들리지 않고 피는 꽃이 어디 있으랴》, 알에이치코리아(RHK), 2014.
149쪽 명지현, 《교군의 맛》, 현대문학, 2012.
194쪽 비스와바 쉼보르스카 지음, 최성은 옮김, 〈여기〉 일부, 《충분하다》, 문학과지성사, 2016.
224쪽 법정, 《홀로 사는 즐거움》, 샘터, 2004.

영화

60쪽 강형철 감독, 〈써니〉, 2011.
113쪽 구스 반 산트 감독, 〈굿 윌 헌팅〉, 1998.
280쪽 마크 웹 감독, 정윤희 번역, 〈500일의 썸머〉, 2010.

웹사이트

51쪽 트리플래닛treepla.net 매거진, 〈반려나무〉 '사랑과 배려의 나무, 몬스테라 키우기'.
77쪽 Tyler Wheeler, WebMD, https://www.webmd.com/balance/stress-management/ss/slideshow-tips-to-feel-better-fast

이 책에 사용된 인용문은 대부분 저작권자의 동의를 얻었지만, 일부는 저작권자를 찾지 못했습니다. 저작권자가 확인되는 대로 정식 동의 절차를 밟겠습니다.

마음 쓰기를 합니다

초판 1쇄 인쇄 2021년 5월 31일
초판 1쇄 발행 2021년 6월 14일

지은이 박선희
펴낸이 문미경
디자인 정현주

펴낸곳 여름오후
출판등록 제2016-000015호
전화 070-8866-8087
팩스 02-6009-9202
이메일 5sabook@naver.com
블로그 blog.naver.com/5sabook2

ⓒ 박선희, 2021, Printed in Korea

ISBN 979-11-962908-4-9 (03810)

- 이 책은 저작권법에 따라 보호를 받는 저작물이므로 무단 전재와 무단 복제를 금합니다.
- 이 책의 내용을 사용하려면 반드시 저작권자와 여름오후의 서면 동의를 받아야 합니다.
- 책값은 뒤표지에 있습니다. 잘못된 책은 구입하신 서점에서 바꾸어 드립니다.
- 여름오후는 여러분의 이야기를 기다리고 있습니다. 원고가 있으시면 이메일(5sabook@naver.com)로 보내주세요.